春はまた来る

真下みこと

幻冬舎

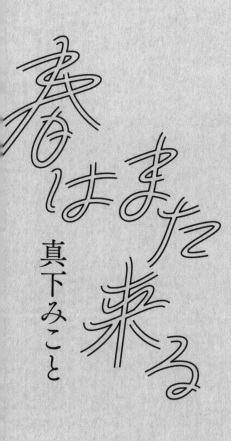

春はまた来る

プロローグ

明日からようやく夏休みだというその日の放課後、国咲《くにさき》高校の校舎はどこか気の抜けた様子だった。うちの高校では、終業式の日は特別に部活がないので、いつもは流れてくる吹奏楽部の練習の音もせず、教室に残ってクラスメイトと話し込む人や、放課後の遊びに向けてトイレでメイクをする人など、過ごし方はさまざまだった。

順子《じゅんこ》はといえば、家に帰って勉強することが使命であり、今日も普段一緒にお弁当を食べている子たちと帰るつもりだった。しかし校門のあたりで電子辞書をロッカーに忘れてしまったと気づき、彼女たちには先に帰ってもらって渋々校舎に戻ってきたのだ。

「カラオケ行こーよ」

「ねえ合宿ってさあ花火持って行ってもいいかなあ」

「てかカラオケよりダーツの方がいいんだけど」

そんな自分の生活にはまるで出てこない単語で構成された、どこからともなく聞こえてくる大声で繰り出される会話に、順子は思わず身を固くする。

順子は別に、いじめられているわけではない。友達はいるし、その子たちとは華やかではないが静かに過ごせている。けれど放課後に教室に残る権利があるのはなんとなく「上」の人たちだけというふうに暗黙の了解で決まっていて、だからこそ順子たちはすぐに下校したわけで。かといって彼ら、いわゆる「上」の人たちにも不満は全くもってなく、むしろ今こうして歩いているところを彼らに見つかって「何だこいつ」的な顔をさせてはいけないのだという、謎の使命感に順子は駆られている。彼らが教室で喋るという役割を果たすのと同様に、順子たちは教室から早く出ていくという役割を果たさなくてはならないのだ。

うちの学年はA組からF組まで六クラス。順子は二年B組で、中央階段から登るとF組から数えて五番目に教室がある。それぞれのクラスにどういうわけか均等に分けられている「上」の人たちの会話を、盗み聞きしているわけではないという態度で、俯《うつむ》きがちに通り過ぎていき、やっとの思いでB組に辿り着く。気づかずに息を止めていたのか、自分のロッカーの前に来た頃には、少し息が切れていた。

「鍵は、えっと」

教室の外に一人一つずつあるロッカーの鍵は、各自が持ってきたものを取り付ける決まりになっていた。以前は学校でまとめてダイヤル式のものを購入していたらしいが、誰かが番号を盗み見たとかで盗難事件に繋がり、学校の責任が問われた結果、生徒個人で管理することになったという。

順子の鍵は近所の工務店で買ってきた真っ黒なもので、家の鍵と一緒にロッカーの鍵を持ち運んでいる。周りを見れば、男子はだいたい順子のような鍵を持っているが、女子の鍵はピンク色だったり、ラインストーンが貼ってあったりと、ロッカー自体の装飾が禁じられているのでここで個性を出そうとしている子が多い。

「あ、あった」

鞄の底に入っていた鍵を見つけて取り出し、ロッカーを開けようとしたとき、B組の中から声が聞こえた。

「だからー、女子のランク付けだって」

「可愛い子からブスまで」

「黒板に書こーぜ」

おそらくは運動部あたりの男子、髪の毛をワックスで固めたような人たちらしき声がした。女子はもうみんな帰って、男子だけで話しているのだろうか。

「えーひどくなーい？　私ブスかもってことー？」

と思うと女子の声もして、順子はその場から動けなくなった。

「紗奈《さな》がブスなわけないじゃん」

「ぶっちぎりで一位だよ」

「え、うちは?」

「ユリは二位だな」

「えー紗奈の次ならいいけどぉ」

　どうやら、クラスの女子の可愛さを、ランク付けしていくつもりらしい。うちのクラスは男子二十人女子二十人の計四十人だから、これから一位から二十位までを決めるのだろう。

　すぐに立ち去ればよかったのに、順子はまるで一人、時が止まったみたいに、ロッカーの前から動けなかった。ロッカーの中の電子辞書に手を伸ばすと、夏なのにひんやりと冷たい。

　すでに一位に選ばれた倉持《くらもち》紗奈のことは、順子も知っている。クッキング部に入っていて、勉強は苦手だがとにかく可愛い。ぱっちりとした二重に整った鼻、小さな唇があどけない印象で、メイクをしているのかいないのか、とにかく肌の質感が順子のそれとは違っている。しかし単に顔が可愛いというだけではなく、仕草から表情、声や笑い方まで、全てが計算し尽くされているように愛らしい。かといって化粧が濃いとかギャルっぽいとかでもなく、むしろ髪の毛は校則通りの黒髪ストレートで清楚な雰囲気があり、そういったところも男子に人気なのだった。

　もちろん順子が倉持紗奈を知っているのは向こうが「上」の人間だからで、芸能人が私たち一般人のことを知らないように、倉持紗奈も順子のことは認識していないはずだ。なので順子の頭の中では、「上」の人間は芸能人のようにフルネームで呼んでいた。

「えー、先生とか来たらやばくない？」

倉持紗奈の甘ったるい声が聞こえてくる。

「大丈夫、そしたら文化祭実行委員に向いてる人を考えてましたって言えばいいから」

「お前天才じゃん」

「だろ？」

文化祭実行委員はうちの高校ではクラスで一番可愛い女子がやるのが伝統になっており、今年のB組は倉持紗奈だろうと言われている。つまり、男子は実行委員になれないのだ。そして、各クラスの文化祭実行委員が集められて全校生徒の前で演説をして、投票でその年の文化祭実行委員長が決定する。これはもはやミスコンのような行事と化しており、正直演説など誰も聞いていない。

そういう意味で、可愛い順ランキングが文化祭実行委員決めにも繋がるという考えは、この学校においてはそこまで的外れではないのであった。

「そういうわけで、まずは紗奈が一位でユリが二位だろ」

コツ、コツと黒板にチョークで文字を書く音が聞こえる。こんな会話を盗み聞くような真似をして、自分が何をしたいのか、順子にはよくわからなかった。けれど可愛さランキングで、自分が何位に選ばれるのか、知りたくない女子なんて、数えられるほどしかいないような気がした。そういうのを「馬鹿馬鹿しい」と思える子か、倉持紗奈のように一位が確定している子だ。順子はそのどちらでもない。ただそれだけだった。

「名前出してくの、意外に面倒だな」

「うちって女子何人いる？」

「二十人じゃない？」

「あと十八人もいるのかよ」

　盛り上がっていた彼らの熱意が、面倒臭いという一点で萎《しぼ》みかけているのが、顔を見ずともわかった。しかしそこで、

「え、やろうよー」

　という声がした。それは倉持紗奈ではない方の声で、おそらくダンス部の渡辺《わたなべ》ユリだろう。

「やっぱやる？」

「やろうぜ、せっかくだし」

　男子たちの盛り上がりに再び火がつき、彼らは部活動別に女子の名前を挙げていった。

「女《じょ》バスの田島《たじま》はとりあえず十三位くらいにしておくか」

「何その十三って半端な数字」

「素数」

「うわ数学かよキモ」

「え、美雨《みう》ちゃんは結構上の方じゃない？」

「ミウって？」

「ほら、吹奏楽部の神崎《かんざき》美雨ちゃん」

「あー神崎さん」

「神崎さんは五位だな、とりあえず」

「結構上じゃん」

「ちなみにこれも素数」

「キモ」

「いや素敵だろ」

やり取りの中に倉持紗奈の発言はなく、順子は倉持紗奈が気づかぬ間に帰ったのではないかと不安になった。もし倉持紗奈が帰る途中で、順子の姿を見ていたら？　可愛い子ランキングを盗み聞きする「下」の人間を見つけたら？　夏休み明け、クラスに順子の居場所はないかもしれない。いじめとかではない、暗黙の了解によって。

ランク付けは順調に進んでいった。お弁当友達の名前も呼ばれていき、彼女たちは当然のように下の方に名前が書かれていく。

「男子ってさあ」

倉持紗奈の声だった。やはりまだ教室にいたのだ。勝手に安堵していると、

「なんでこういうランキング好きなの？」

と声は続いた。

「え？」

「何だよ紗奈、ノリ悪くね」

「いやノリとかじゃなくて、私たちは男子の見た目でランキング作ろうとか思ったことないからさ、純粋な興味？」

「なんでだろうな」

「わかんね」

彼らは特に理由を考える気もないようで、その話はすぐに流れた。倉持紗奈は、この話題にあまり乗り気ではないのかもしれない。言われてみれば確かに、男子のモテる基準は足の速さやコミュ力など、顔以外にも色々あるのに、女子を選ぶ基準は可愛さ一点なように思えるのは不思議だった。

「だいぶ埋まってきたぞ」

「え、もう完成？」

「数えてみる……一、二、三、……十八、十九」

てしまった。

彼らが一人ひとりの名前を読み上げて確認していく中で、順子は恐ろしいことに気づい

「一人足りない？」

「十九？」


自分だけがまだ、名前を呼ばれていない。

「あ、わかった。あの子じゃない？」

渡辺ユリが笑いながら言った。

「あのメガネの」

「あー！」

「うわなんだっけあいつの名前」

「俺英語でペアワークやったことある」

「それで忘れるの最低じゃね」

「いちいち陰キャの名前覚えてらんねえだろ普通に」

その会話を、順子は半分祈るようにして聞いていた。どうか誰も、このまま、順子の名前を思い出さずにいてくれますように。可愛さの議論の俎上《そじょう》にすら上がらなかったということを、みんなが忘れてくれますように。

「……牧瀬《まきせ》だ！」

一人の男子が、ほとんど叫ぶように言った。

「あー！」

「そうだそうだ」

「顔は浮かんでたんだよずっと」

「わかる」

「あれってなんとか現象っていうらしいよ」

「何現象？」

「知らんけど」

盛り上がる彼らの声に俯くと、メガネが下がってきたので自然と押し上げた。誕生日に買ってもらった新しいチタンフレーム。制服に合うネイビーがお気に入りだった。

「で、あいつ何位にする？」

「それだよな」

「うーん」

男子たちはそれから一瞬、静かになった。まるで誰も、教室にいないような、恐ろしいほどの静けさだった。そしてそれからすぐに、誰かが言った。

「二十位」

「だな」

「異議なし」

「一応、最下位の理由は？」

「メガネでブス。以上」

「簡潔でよろしい」

涙は出てこなかった。その代わりに湧いてきたのは諦めで、順子はこの件を秋には彼らが忘れてくれることだけを願った。もう一度メガネが下がってきた気がして上げ直すと、視界がぼんやりと滲《にじ》んだ。

流石《さすが》にそろそろ帰らないと、と鞄を持ち直すと、中から倉持紗奈の笑い声が聞こえた。

「えー、牧瀬さん超可哀想ー」

それから響くけたたましい笑い声たちに追いつかれまいと、順子は逃げるようにして校舎を去った。

第一章

　六月、授業が終わってから学食に残り、課題を進める生活にもだんだん慣れてきた。W大学の理工学部キャンパスは、夕方も活気に包まれている。

　順子はY県から一人上京し、私立ではトップと言われるこの大学に入学した。両親は地元の国立で十分だと言ったのだが、担任がそれではもったいないと、東京の国立大学を勧めてきたのだ。メガネの度が進むほど毎日勉強に明け暮れたが、東京の国立には後期含めて受からなかった。地元の私立は受けておらず、基本的に東京の大学しか受けていなかったため、受かった中で一番偏差値が高かったW大学に入学したのだ。

　パソコンを開き、今日出たレポートの内容を確認する。順子が在籍する情報システム工学科は、というか理工学部では、とにかく課題の量が多い。毎日のように数千字は文字を打たなければ終わらない量をこなす必要がある。加えて、一年生のうちは理工学部全学科必修の基礎実験の授業が木曜の二限から五限まで、十時四十分から十八時まで通しであり、そちらの事前レポート、実験ノート、事後レポートは手書きで書かなくてはならなかった。

それに他の日だって、授業がほぼ毎日一限から五限まで通しである。二年になればもう少し楽になると、誰かが先輩から聞いたそうだ。

「微積の課題終わった?」

前から声をかけられ、順子は顔を上げる。宮田《みやた》くんだった。栗色の髪の毛が、今日も丁寧に整えられている。服装も無地のシンプルなシャツにチノパンツなのだが、シャツは薄手の柔らかそうな素材で、宮田くんが着ているからか、すごくお洒落に見える。

「全然。今システム概論のレポートやってるとこ」

「そっか。終わったら答え合わせしようぜ」

「うん」

そんな会話をしながら、順子は不思議な気分だった。だって、自分が男子と会話をしているのだ。宮田くんはテニスサークルに入っており、性格も明るい。友達もたくさんいるはずだが、この勉強時間は順子と同じテーブルにいることが多かった。順子たちの夕方の学食での大体の定位置は、実験室があるE棟から学食に入ってすぐ右にある大テーブルとなっている。

なぜこんなことが起きるのか、答えは明白だった。理系の女子が少ないからだ。うちの学科で言えば、今年は例年よりさらに女子が少ないらしく、学年百人のうち男子は九十人、女子は十人しかいない。つまりほとんど男子校のような人数比で、また授業は班分け含め男女関係なく全て学籍番号順で指定される場合が多いので、順子のような女子でも自然と男子と話すようになるのだ。五十音順ゆえ、名字が牧瀬の順子は名字がマ行の人たちとよく一緒になるのだけれど。

最初は数少ない女子とうまくやっていけるか不安だったが、今では順子は自分が男子であるような気すらしていた。今年は女子の名字がア行〜タ行に偏っているらしく、順子の周りにはそもそも女子がいないのだ。

大学生になっても、順子はすっぴんにメガネで登校していた。髪の毛こそ長いが、それは美容室に行く頻度を下げようとした結果であり、サラサラの黒髪ロング、という印象とは程遠い。けれど高校まではきっと「上」だったであろう男子たちも、それを揶揄《やゆ》してはこない。この中の誰かと付き合おうだなんて贅沢は求めないし、基本勉強仲間とは勉強するのが目的だった。

だからここは順子にとって、やっと辿り着いた平穏な場所だった。

W大学の授業は九十分制で、九時から始まる一限と十時四十分から始まる二限で午前が終わり、三限から五限まで受けると十八時になる。六限や七限もあるにはあるが、それは大体教職課程や社会人学生向けの授業で、自分たち一年には関係ない。そんな大学のシステムに最初は少し戸惑ったが、今では慣れたものだった。

システム概論のレポートをまとめ終わり、順子はお茶を取りに席を立つ。無料で飲める給湯器のお茶は、嫌う人も多いが、順子は案外好きなのだった。

席に戻ると、順子の席のあたりに人が集まっている。

「どうしたの？」

順子は右隣に座る村井《むらい》くんに声をかけた。短髪の黒髪に、いつもポロシャツを着ている人だ。

「今週のCプロ、めっちゃむずい問題出たじゃん。あれわかったって」

Cプロとは要するにプログラミングの授業で、順子も毎度の課題に苦戦している科目だった。

「本当？　誰が？」

「狭山《さやま》くんだって」

「へえ、すごい」

「牧瀬さん、喋ったことある？」

「ない」

「あ、来た来た」

村井くんが手を振ると、その男子がやってきた。順子が言うのもなんだが、ぼさっとした髪の毛に瓶底みたいに度の強いメガネで、プログラミングが得意というのもなんだか納得してしまう風貌だった。すっぴんにメガネの順子だって、人のことは言えないのだが。

順子はシステム概論のレポートを上書き保存して閉じ、プログラムの編集画面を開いた。やってきた狭山くんは何度もメガネに触れながら、今週のプログラミングの課題であるエイトクイーン問題について解説してくれた。

「まずエイトクイーン問題っていうのは8×8のチェスの盤上に八つのクイーンを配置して、そのうちどの駒も他の駒に取られてはいけませんっていうルール。ここまではいいよね」

「そこまではわかる」

微積の問題をやっていたらしい宮田くんが、いつの間にか狭山くんによる授業に参加している。

「うん。それで、チェスのルール知ってたらわかると思うけど、クイーンは縦横斜め全部に動けるんだよね」

「授業でも先生が言ってたよな」

「そうそう。つまり、マスの上にクイーンを一個ずつ設置していって、そいつの縦横斜めに次の駒を置かなければいい。それを繰り返すだけってわけ」

「そこまではなんとなくわかったけど、それってどうやって実装するんだよ」

宮田くんが焦《じ》れったそうに聞いた。実装というのは簡単に言うと自分が考えたことをプログラムに起こす作業である。

「それが、これ」

そう言って、狭山くんは自分のパソコンをこちらに開いて見せた。

「はあー」

「なるほどねえ」

「そういうことかー」

狭山くんに向けてなのかどうなのか、感嘆の声がみんなの口から漏れる。それは順子も例外でなく、気づけば「なるほどねえ」と口にしていた。

「人が書いたプログラム読むの苦手なんだけど、狭山のは読みやすいな」

宮田くんが感心したように言った。

「まあ、インデントとかコメントとか、多少は気を遣ってるからね」

狭山くんはそう答え、みんなの疑問を解消してから去っていった。

「斜めのチェックを関数化するっていうのは考えつかなかったわ」

「な、てっきり二重のfor文かと思ってた」

「これが最適解なんだろうな」

各々が感想を述べているあいだ、順子は自分のプログラムを修正した。狭山くんのプログラムを思い出しながら、自分の頭で書き直す。こうしているのは順子が真面目だからというだけではない。レポートの剽窃《ひょうせつ》チェック、すなわちコピペチェックに引っかからないようにするためだった。コピペがバレると、コピペした方もされた方も、その学期の単位を丸ごと落とされる。実際、コピペがバレたせいで留年した先輩もいるらしい。そうならないためにも、学生たちは自分のレポートのデータを安易に友人に送らないし、どれだけ時間がかかろうとレポートやプログラムは自分で書いているのだ。

大体の修正が終わり、順子は微分積分、通称微積の問題集とノートを開いた。今日は問題集から二問。いわゆる積の微分と商の微分の応用編といったところだ。計算量は多そうだが難易度が高いわけではなさそうだった。

「お、微積？」

目の前に座る宮田くんが、順子のノートを覗き込む。整髪料か香水か、ふわっといい香りがする。

「うん。終わったら答え合わせね」

「おん」

ふざけたような態度で宮田くんがそう言ったのがおかしくて、順子はくすくすと笑いながら問題を解く手を進める。

思い出してふとスマホを開き、今の時間を確認した。十七時。十六時二十分に終わる四限が終わってからずっとここにいるから、妥当な時間ではあった。

それから二十分ほど問題と格闘し、順子は二問とも解けた。正確に言えば、十分で二問解けたのだが、答え合わせをしようと言ったので検算を何度かしていた。

「宮田くん」

来週の実験ノートを進めているらしい宮田くんに声をかけた。

「お、できた？」

「うん。これ」

ノートを差し出すと、宮田くんが怪訝《けげん》そうな顔をしている。

「どうしたの？」

「いや、二問目が俺のと若干違って」

そう言って、宮田くんが自分のノートを差し出した。順子は途中計算をじっくりと見て、やがて原因がわかった。宮田くんにノートを渡しながら、

「四行目、sin x のままになってる」

と順子は伝えた。

「え？」

宮田くんは目を丸くして自分のノートを見つめる。その宮田くんに、順子は問いかける。

「sin x は微分すると？」

「cos x でしょ。常識」

当たり前のことを聞くなとばかりに、宮田くんは笑いながら答えた。順子も同じような

笑顔を作り、

「だよね？　なのに三行目で $\sin x$ を微分した結果を $\cos x$ じゃなくて $\sin x$ のままにしちゃってるよ」

と続ける。ノートを見つめる宮田くんが、口を「あ」の形に開いている。

「あー」

「わかった？」

「わかったも何も、こんなの超凡ミスじゃん。はずー」

そう言って、彼は顔を手で大袈裟に覆った。

「答え合わせしといてよかったね」

「うん、よかった。まじ感謝」

宮田くんは順子を拝むように手を合わせて、まじ感謝、と繰り返した。

「大袈裟だよ」

笑ってからふとスマホを見ると、十七時四十分になっていた。

「私、そろそろ出ないと」

順子が荷物をまとめ始めると、宮田くんが不思議そうな顔をした。

「なんか用事？」

サークルに入っていない順子に用事があるのが、きっと不思議なのだろう。

「同窓会」

「へえ！」

「珍しいね、この時期に」

村井くんも会話に入ってきて、順子は「確かに珍しいかも」と答えた。

「なんか東京出てきた組の、みたいなやつ」

「なるほどね」

「牧瀬さん、出身どこだっけ？」

宮田くんが聞いてきた。順子はY県と答え、そうだったと二人は言った。

「それでスカート穿いてるってわけだ」

村井くんが順子の格好をまじまじと見て言った。

「勝手に決めつけるなよ、村井」

宮田くんはそうフォローしてくれたが、確かに順子はいつもシャツに長ズボンという格好をしている。しかし同窓会の雰囲気がわからないので一応持っているスカートを引っ張り出して穿いてみたのだった。普段穿き慣れていないからか、高校卒業以来のスースー感に体が慣れていない。

「変、かな」

二人に恐る恐る聞くと、宮田くんも村井くんも馬鹿にした様子のない笑顔で答えた。

「変じゃないよ」

「うん、いい感じ」

「そっか、ありがとう」

順子はその言葉に安心して、まとめた荷物を持って大学を後にした。


同窓会の会場は、新宿駅から徒歩五分ほどの小洒落たイタリアンだった。案内のメッセージに二階と書いてあったので、エレベーターに乗って二階のボタンを押した。いわゆる雑居ビルというやつで、三階から上にも居酒屋などが入っている。

『二階です。ドアが開きます』

エレベーターの音声の後にドアが開き、するといきなりお店の中だった。薄暗い店内に、赤と白を基調とした四人用のテーブルがずらりと並んでいる。

順子はおずおずと中に入り、中をゆっくりと観察した。集合時間である十八時半より十分ほど前に着いたが、すでに十人ほどが席にいた。順子の知り合いは、今のところ見つかっていない。

「あ、国咲高校の人ですか？」

幹事らしき女の子が、明るく声をかけてくれた。順子は声も出せずにこくこくと頷いて、会費を払うと席に通された。それまで盛り上がっていた会話が一瞬途切れ、それから順子などいないかのように再開される。誰も順子の顔を見てピンと来なかったのだろう。

この感じ、久しぶりだな。

順子はあたりを見回した。女子はワンピース、男子はシャツにズボンが多い。やはりもっと綺麗な格好をしてくるべきだったと思いながら、いつの間にか店員が持ってきていた水を飲んでいた。

『ドアが開きます』

後ろの方でエレベーターの音がし、振り返ると五人ほどの男女が店に入ってきた。何やら話が盛り上がっているようで、女子が男子の背中を、やだぁと言いながら叩いている。

「お、紗奈じゃん」

順子のテーブルに座る男子がそう言って、やがてみんなが後ろを向いた。

「本当だ！　紗奈、久しぶり！」

別の女子が手を振ると、

「わ、みっちゃんじゃん！　久々ー！」

と手を振り返す女子の姿があった。ダウンライトで照らされたその人は、高校二年のときに同じクラスだった、倉持紗奈の顔をしていた。

顔をしていた、と思ったのは、その髪型があまりにも記憶の中の倉持紗奈と乖離《かいり》しているからだった。順子の中では倉持紗奈は黒髪ロングの清楚系で、そこが男子に人気、みたいなイメージだった。しかし今、会費を払っている倉持紗奈は髪を明るめの茶色に染めており、しかもその髪は波打っていて、メイクも昔のようなナチュラルメイクではなく派手な雰囲気だった。高校卒業からたった二ヶ月でこんなに変わるのかと、順子は妙に感心してしまった。

倉持紗奈たちも席に着き、会が始まるまで何人もの元同級生がやってきたが、順子の知り合いは一人もいなかった。

帰りたい、という気持ちと、逆に来てよかった、という気持ちが混じり合う。

そもそも順子がこの同窓会に来たのは、東京に出てきた地元の知り合いがいなかったからだった。だからここに来れば、たとえば三年生では同じクラスじゃなかったが、一年とか二年のときに仲が良かった子が実は上京している、なんてことがわかるかもと思っていた。けれど知り合いは一人もいなそうだし、そのことがわかったのであれば、それはそれで収穫だと思った。

再び水を口に運ぶと、幹事の女子が、みんな聞いてくださーい、と可愛い声を上げた。

「今日は、料理は基本コースで大皿、飲み物は二時間飲み放題になってまーす。飲み放題のメニューは各テーブルに置いてあるからそれを見てください。飲み物の注文は各テーブルでお願いしまーす」

彼女の説明を聞きながら、順子は右隣のテーブルにいる倉持紗奈に釘付けだった。二年のときの文化祭実行委員長は、全校生徒による投票の結果倉持紗奈になった。国咲高校のうちの代で、一番可愛い女の子だったのだ。まっすぐに伸びた黒髪を惜しむ男子も少なくないはずだ。

そんなふうに思っていると倉持紗奈と目が合いそうになり、順子は慌てて目を逸らした。向こうが順子を知っているわけがないのだ。知っていたとしても、

――えー、牧瀬さん超可哀想ー。

思い出したくもない記憶が、気を抜いた瞬間にふと蘇る。あれを覚えている人は、いったい何人いるのだろうか。

「飲み物どうしますか？」

左隣から声がして、振り向くと知らない男子だった。明らかに「下」の人間である順子に敬語を使っているのは、距離を取るためなのだろう。

「ああ、えっと」

頭の中は冷静でも、言葉はうまく出てこない。飲み放題のメニューをしばらく眺め、順子は烏龍茶を頼んだ。

飲み物が運ばれてきて、順子は言葉を失った。ノンアルコールである烏龍茶はグラスに入っていて赤いストローが付いているのだが、みんなに運ばれてきたのはジョッキで、つまりみんなはアルコールを頼んでいたのだった。

お酒は二十歳になってからって、大学のビラで何度も見たのに。

そんなちょっとしたカルチャーショックを受けている順子をよそに、幹事が乾杯の音頭を取り、なんとなく会が始まった。

「大学どこだっけ？」

「サークル入った？」

「バイトやってる？」

そんな華やかな会話をみんなが繰り広げている間、順子は黙って烏龍茶を啜《すす》っていた。話を振られることも当然なく、運ばれてくるシーザーサラダやポテトフライを無言で口に運ぶ。

ちなみに順子はサークルには入っていない。高校でも帰宅部だったのだが、それは中学では部活動は強制参加で、順子は間違えて陸上部に入ってしまい、自分の足の遅さを笑われる日々に辟易したからだった。複数人の同世代が集まり、さらには先輩との関係も築かなくてはならない活動は、もうやりたくなかった。バイトは在宅でできるテストの採点をやっている。国語や数学の記述問題が主で、採点基準がしっかりしているため基本的に難しくはない。わからなければその問題は再検討フォルダという共有フォルダに移動させるだけでよく、そこからはおそらく社員さんがやってくれる。余計な人間関係がない割に時給もいい。一応シフトの提出はあるが、基本は自分が働きたい時に働けるので、奨学金を借り、親から仕送りをもらいながら一人暮らしをする順子にはありがたかった。

などと一人考えてみたところで、相変わらず周りは順子に興味も示さない。烏龍茶を飲み干して店員を呼び、二杯目の烏龍茶を頼んだところだった。

「やっぱさー、せっかく東京来たんだから遊ばないとっしょ」

声のする方を見ると、倉持紗奈だった。ここから見てもわかるまつげのカール具合に、油でも塗っているのかと思わせる濡れたような唇。いったい二ヶ月で何があったのかと思ったが、これが彼女なりの「遊び」なのだとなんとなくわかった。

「烏龍茶でーす」

店員が順子の目も見ずにグラスを置いていった。その後に続けてチキンソテーが運ばれてきたので、順子はそれも皿に取った。同じテーブルの人は黙々と食べては飲んでを繰り返す順子を不審がっているのかもしれないが、順子は特に気にならなかった。

「なんかぁ、私T女子大なんだけどぉ」

それよりも気になるのは倉持紗奈だった。この中で知っている人間が彼女くらいしかいないというのと、やはりその変貌の理由を知りたいという思いがあった。赤いストローで烏龍茶を啜る。ゴゴ、と空気と烏龍茶が混ざる音がする。

T女子大というと、学内に男子はいなそうだが、それでも遊べるのだろうか。順子の中で「上」の人間の遊びというのは不純異性交遊を指すという認識だったので、少し意外な気持ちだった。

「えー、女子大なんだ。出会いあるの？」

別の女子が倉持紗奈に聞いた。

「ないない。みんなサークル入ってんの」

「あー。インカレってやつ？」

「そうそう。高学歴男子まじでちょろいから」

「紗奈ってばまじウケる」

「あいつら、挨拶しただけで私のこと好きになるんだよ？」

「まじで言ってんの？　ちょろすぎ」

「とは言っても将来有望だし、ある程度遊んだら落ち着きたいけど」

「それ、男子が聞いたら泣くよ？」

ギャハハ、と見下すような陽気な笑い声が響いたが、それは他のテーブルにも溢れている音だったから、ちゃんと認識できたのは順子だけだった。インカレというのがよくわからなかったが、サークルに入れば、女子大の子にも別の大学の男子に出会う機会があるようだ。高学歴男子まじでちょろい。そのカテゴリーに自分の友人も含まれているのだろうと思うと、順子は少し嫌な気持ちになった。

結局順子は会が終わるまでずっと倉持紗奈の声に耳を傾けていた。つい最近一緒に高校を卒業したばかりで十代のはずなのに、彼らは慣れたように酒を飲んでいた。順子は結局烏龍茶を四杯も飲んだが、誰にも気づかれなかった。

「二次会カラオケ行く人ー?」

店の外で、幹事の女子が声を上げている。みんな酒が回っているのかガヤガヤとした雰囲気で、どこからどこまでが国咲高校の同窓会なのかすら危うかった。順子はその混沌を利用してさっさと帰ることにし、誰にも別れの挨拶を告げずに新宿を後にした。

大学の最寄り駅から二駅離れた駅が、順子のアパートの最寄り駅である。この駅の近くにアパートを借りるW大生は多く、不動産会社の担当者からもそう説明された。

「ただいまー」

ため息のついでに部屋に挨拶をして鍵を閉め、キーケースを玄関のフックにかける。洗面所で手を洗ってうがいをし、靴下を洗濯機に入れた。

ワンルームの部屋に向かい、勉強机と食卓を兼ねたデスクにパソコンを置き、コードを繋いで充電を始める。

家に帰ってからのルーティンをこなし、順子はコップの水を飲んで一息ついた。

「疲れた」

毎日、大学に行って帰るとある程度は疲れるが、今日の疲れは少し質が違った。変わってしまった倉持紗奈。高学歴男子というカテゴライズ。東京来たら遊ばないと。倉持紗奈の言葉の一つ一つが、烏龍茶に入っていた氷のように、頭の中でカランコロンと揺れている。

時計を見るともう二十一時半で、順子はさっさとシャワーを済ませて、課題の続きを進めた。

翌朝、七時のアラームで目を覚ました順子は、前日準備しておいた洋服に着替えた。今日は紺色のトレーナーにストレートジーンズだった。リュックに実験セットと白衣が入っているのを確認し、パソコンと充電コードも中に移す。

理工学部のキャンパスに行けばわかるが、理系大学生は基本的に男女問わず長ズボンにリュックで行動している。実験がある日は安全のため季節によらず長ズボン（上半身は白衣を着用するので自由）、そして靴はスニーカーなどの、足の甲が覆われたヒールのない平らなものを着用することが義務付けられており、違反していると先生が判断した場合、ペナルティとして減点される。そして足の甲が出ていたり、ヒールのある靴を履いてきたりしてしまった場合はペナルティに加えて、安全靴という黒くて（他の女子曰く）ださい靴を一日中履いて実験しなければならない。減点が三つ貯まると成績が一段階下がるとかいう噂だが、真偽のほどは明らかではない。しかし長ズボンに関してはこういった貸し出しがないため、違反するとその日の実験は受けられず、振替実験というテスト期間に行われる実験に出なくてはならない。しかもシステムの関係で振替実験は二回までしか受けられず、忌引であろうとインフルエンザであろうと自己責任という決まりだったので、洋服くらいで減点を食らっている場合ではないのであった。

今日は一日中実験の授業だったため、他の科目の教科書は必要がない。ただ、英語の課題をやろうと宮田くんから連絡が来ていたため、その教科書だけは昨日のうちにリュックに入れておいた。

週に一度まとめて炊いては冷凍しているご飯を電子レンジで解凍し、冷蔵庫から納豆を取り出した。大した自炊はできないが、毎食カップラーメンで済ませるほど健康を無視することもできない。

順子はメガネで地味な出立ちだが、決して太っているわけではない。かといってスレンダーかと言われるとそうでもなく、いわゆる標準体型だった。それを変えたいと思ったことはないし、今後もおそらく思わないのだろう。

昨日の嘘みたいな夜を現実と切り離しながら、順子はご飯を口に運ぶ。大学生になったら誰か家に来るかもしれないと思って用意したデスクの二つ目の椅子は、今や立派な物置になっている。同じように、来客用スリッパやコップ、マグカップなど、彼氏はおろか家に呼ぶ友達すらいないのに、順子の部屋には少しだけ、ほんの少しだけ余分に物があるのだった。

七時半のアラームが鳴り、順子はそれを止める。今日は燃えるゴミの日なので、部屋のゴミと洗面所のゴミをまとめた。予約しておいた洗濯物を干してからリュックの中身を再度点検して玄関に向かい、スニーカーを履いた。


一日がかりのフーリエ解析の実験が終わり、順子はまた学食に来ていた。今日のお昼もここで食べたから、来るのは今日だけで二回目だ。

いつもの場所を見回すと、宮田くんの姿が見えた。無言でそちらに向かい、お疲れ、と挨拶をした。

「お。お疲れー」

宮田くんがこちらを見て、笑顔を作った。今日は幾何学模様の入った柄のシャツを着ており、その手元には英語の課題が広げられている。

「実験終わるの早かったね。宮田くんたち」

基礎実験の授業は、基本的に実験が終わって当日のレポートを提出した人から帰っていいという決まりになっていた。

「俺のペアのやつ、ってかペアの人が過年度生でさ」

過年度生とは入学年度が順子たちより上の人のことで、意味としては留年生に近い。

「なんか過去レポ持ってたから見せてもらって。そしたら実験は楽勝よ」

「なるほどね」

順子は英語の教科書を取り出しながら頷いた。過去レポ、すなわち過去のレポートを持っている人がいれば、実験の手順やちょっとしたコツなどがわかるというわけだ。

「他の過去レポはもらえなかったの？」

「いや、そこまで仲良くはなれなかったな」

「そりゃそうか」

そこで軽口を叩くのをやめ、順子は英語の課題に取り組んだ。海外のニュース記事を読んでそれを要約するという課題だった。

途中で無料のお茶を汲みに行き、それを啜りながら課題をやっているうち、実験が終わった面々が集まってきて、いつものメンバーが揃ってきた。偶然にも宮田くんが前、村井くんが右隣という配置が、昨日と全く同じだった。

「そういえば牧瀬さん、どうだった？」

村井くんが唐突に話しかけてきた。

「どうだったって、何が？」

「ほら、昨日の同窓会」

「ああ……」

そう言って、順子は困ったように笑った。高校までの順子のポジションや、文化祭実行委員の話、あの日の放課後聞いてしまったこと、高学歴男子までちょろいから――そのどれを、どこまで話したら、この人たちに伝わるのかわからなかった。

「なんか、高校までは黒髪ロング、清楚、みたいな人気の女の子がいたのね」

けれど結局、順子は倉持紗奈の話をした。

「黒髪ロング、いいじゃん」

いつの間にか宮田くんが話に入ってきている。

「それが、その子大学に入ってめっちゃ派手になっちゃって。髪も明るい茶髪だし、メイクも濃いし」

「大学デビューってやつ？」

「うーん。そうなのかな。元々目立つ子ではあったから」

「東京出てきてはっちゃけてるんかな」

「なんか、すごい遊んでるとは言ってた」

高学歴男子云々《うんぬん》は、彼らには話せなかった。W大学だって世間から見れば高学歴なわけで、自分たちのことをちょろいと言われていると知ったら、嫌な気分になるかもしれない。

「その子どこ大なの？」

「T女子大って」

順子がそう言うと、彼らの目が一瞬曇った。宮田くんと村井くんが、目配せをしあっている。

「どうしたの？」

聞くと、なんでもないと言う。順子はどこか納得いかない気持ちで、英語のニュース記事に目をやった。

「けどさ」

次に口を開いたのは宮田くんだった。

「きっと遊んでるって言ってるのってサークルだよね」

「だろうな」

村井くんも同調した。

「牧瀬さんは入らない方がいいよ。ああいうとこ、牧瀬さんには似合わないから」

宮田くんにそう言われ、順子は適当に頷いた。それから、順子は昨日から思っていたことを聞いた。

「疑問だったんだけど、なんで女子大の子がサークルに入ると男子と知り合えるの？」

「あー」

宮田くんが一瞬気まずげに目を伏せる。それを感じ取ったのか、村井くんがその後を説明してくれた。

「サークルには大体三種類あるんだよ。一つがW大学の人しか入れないオールW、二つ目が、どこの大学の人も入れるオールインカレ、で、もう一つが」

そこまで言ったところで、村井くんまで気まずそうな顔をした。

「もう一つが？」

そう聞くと、宮田くんが渋々といった様子で説明を始めた。

「もう一つは俺と村井が一緒に入ってるサークルのパターンで、男子はW大学で、女子は女子大の子しか入れないサークル」

「ん？」

順子は眉を寄せた。想定していたインカレサークルは、どの大学の人も入れるいわゆるオールインカレのパターンだった。しかし男子と女子で条件が決まっているパターンがあるのだという。

「そのサークルにW大学の女子は入れるの？」

「入れないことはないっぽいけど」

「そうだね」

「俺らのサークルにはいないな」

宮田くんがそう言い切ったので、順子はどこか不思議な気持ちだった。

「ちなみに俺らのサークルは、男子はW大学の理工学部しか入れないよ」

「え、そうなの？」

「ほら理工って授業が多いから、ナイター練習が基本の方がありがたいじゃん。他にもオールW大学のテニサーだって理工限定のところってあるし」

言い訳めいた口調で言いながら、宮田くんは苦笑いを浮かべている。

「でもさっきも言ったけどさ、牧瀬さんはいいよ、サークルとか」

「俺もそう思う」

宮田くんの言葉に村井くんが同意する。

「俺らのサークルの女子大の子、頭悪くて話にならないもん。テニサーが飲みサーだなんて言われる原因は頭の悪い女子にあるんじゃないかと思ってるくらいだね」

村井くんがそう言ったので、宮田くんがお前最悪だよと笑って言った。順子は何を言えばいいのかわからず、薄く笑っておいた。

「けど実際、まじで頭悪いんだよ。大学にもアホみてえな小さいバッグで行ってるし」

「メイクも濃いしな」

「この間の飲み会で sin *x* の微分は？　って聞いたら、あいつらなんて言ったと思う？」

宮田くんが得意げな顔で言った。

——sin *x* は微分すると？

——cos *x* でしょ。常識。

昨日の会話を思い出しながら、順子は首を傾げていた。そもそも、それは飲み会の話題として適切なのだろうか。

「サインってなんだっけ、だってさ」

「まじで言ってたの？」

村井くんが聞いた。

「おう、まじまじ」

「微分は知らないとしても、sin x の存在そのものを忘れるのは人として普通にやばいだろ」

「普通にバカだよな」

二人が女子大の子を馬鹿にし続けるので、順子もどこか麻痺したのか、それとも元から倉持紗奈のような派手な子を見下してみたいと思っていたのか、正確なことはわからないけれど確かに、順子はそのとき笑った。

「えー、それはバカかも」

順子が小さい声でそう言うと、男子二人は目をキラッと輝かせた。それから彼らは女子大の子たちがいかに見た目にしか気を遣っておらず頭が空っぽかを熱弁し、順子はずっとおかしくて笑っていた。

落ち着いた頃に、宮田くんが真面目な顔をして言った。

「でも男子の先輩はまじで優秀でさ、一個上に多田《ただ》さんって人がいるんだけど」

「多田さんやばいよな」

「そう。俺と高校も一緒で、あ、W大付属男子ね。去年も成績は学年トップ3で後輩の面倒見もまじで良くてさ。俺、多田さんだけは尊敬してるんだ」

「多田さんだけしか尊敬してないって言い方だと他の先輩可哀想だろ」

「けどわかるだろ？」

「まあな」

二人にしかわからない「多田さん」の話が盛り上がっているのを、順子は遠い世界の出来事のように見守っていた。

冷めてしまったお茶を口にすると、いつもよりも舌に苦味を感じて、だから順子はその味がわからないように、一気に喉に流し込んだ。

第二章

春はいつも、突然やってくる。昨日まではコートを着ないと寒かったくらいなのに、今朝起きたら二十度をゆうに超えていた。平年に比べてかなり遅かった桜も、気づけばもう散り始めている。

「二年になったら楽になるって聞いてたのに」

四月の初め、いつものように授業が終わった後、順子たちは学食に来ていた。隣の男子の愚痴を、本当に、と受ける。

「基礎実験まだあるんだね」

「まじでそれ。てか明日じゃん」

そう言いながら彼は再びプログラミングの課題に取り組み始めた。順子も明日が締め切りの英語の課題に取り掛かる。

入学から一年が経ち、順子たちは二年生になっていた。時間割を組むことを「履修を組む」と呼ぶのにも慣れ、定期テストはこの勉強会のおかげで乗り越えることができ、成績も中の上をキープしていた。テスト終わりに打ち上げに行って順子だけが烏龍茶を飲むのにも慣れた。同窓会だけではなく、やはりみんな飲酒はしているのだともわかった。

宮田くんはバイト先の居酒屋で彼女ができて、それから別れた。ずっと気になっていた同期に告白して付き合ってみたが、何かが違ったらしい。付き合う前はサバサバした感じだったのに、付き合った途端に宮田くんが他の女の子と会うのは全て嫌だと言ったそうだ。でも卒業できたからラッキーだったと、宮田くんはいつかの飲み会で酷く酔っ払った時に言っていた。卒業って？　と順子が聞いたら、周りのみんなが何やらすごく慌てていたので、順子は烏龍茶しか飲んでいなかったのにとてもおかしくなって、いつになく笑ってしまった。

「今日、あの二人いないね」

隣の男子があたりを見回して言った。

「宮田くんと村井くん？」

実は気になっていたため、順子はすぐにそう返した。

「そーそー」

サークル、こんな早くにやるもんかな、と彼は独り言のように言ったので、順子はそれに対して何も返さなかった。

いつものお茶を片手に課題を進めていると、後ろの方から笑い声が聞こえてきた。それは聞き間違いでなければ宮田くんと村井くんの声で、順子はゆっくりと振り返る。

「えーこんな感じなのー？　ウケるー」

宮田くんと村井くんの間に、女子が一人いた。花柄のトップスにデニムのミニスカートを合わせた、うちのキャンパスにはあまりいないタイプ。髪色も明るく、メイクもしっかりしている。

顔を上げると宮田くんと目が合い、順子はすぐに逸らした。自分とその女の子を比べられたくないと、無意識に思ったのかもしれない。宮田くんは特に気にする様子もなく、順子たちが座る席にやってきた。

「ここが、俺たちがいつも使ってるとこ」

宮田くんが女の子に説明し、彼女にも着席を促した。

「へえ、そうなんだ。指定席的な？」

「指定席とかじゃないけど、俺らはなんとなくこの辺に座ってるって感じ」

「ふうん」

女の子は長いまつげをパチパチと動かし、面白い、と繰り返し言っている。

「二人は知ってると思うけど、女子大ってめっちゃ警備が厳重じゃん？」

「確かに、新歓のときも中には入れてもらえなかったな」

村井くんが言った。

「そうそう。W大の中にこんなに簡単に入れるとは思わなかった」

「外のベンチでピクニックしてる家族連れとかもいるんだよ」

宮田くんが言った。すると彼女は面白いねえ、と呟くように言って、私たちの方を眺める。

「女子はこの子しかいないの？」

そう言って、彼女が順子を手で示した。順子が答えるべきか、宮田くんへの質問なのかわからなかったが、順子はゆっくりと頷く。そこでようやく謎の女の顔を見て、気づいたのだ。彼女が、倉持紗奈であるということに。一年ほど前に同窓会で見た時と比べて、服装や髪型、メイクが全て洗練されていたので、すぐには気づけなかった。

「うちの学科は男子九十人女子十人だから」

宮田くんが答えると、倉持紗奈は嘘、と笑った。

「男子校じゃん」

「でもまあ、ほら、女子いるから」

そう言って宮田くんが順子を見たので、順子は思わず俯いた。

「えーじゃあ仲良くしようよ。女子同士」

「あ、はい」

仲良くも何も元同級生なのだが、それをどう切り出せばいいのかわからない。

「私、倉持紗奈。宮田くんと村井くんとは同じサークルなの。ライムスマッシュってわかる？」

わからなかったが、おそらくサークル名だろう。

「あ、なんとなく」

「大学はこっから二駅のとこにあるT女子大」

「へえ」

それについては同窓会で聞いていた。

「ってか私、W大の女子って初めて喋ったかも。名前は？」

そう聞かれて、順子は話すなら今だと思った。

「あの私、国咲高校で」

「まじ？　え、すごい偶然。私も国咲高校なんだけどー！」

倉持紗奈がいきなりテンションが上がったように笑った。

「え、W大現役で入った？」

「はい」

聞かれてすぐは、その言葉の意味がわからなかったが、これは浪人生である場合、学年が違う可能性を考えての発言なのだろう。

「嘘。名前は？」

「牧瀬順子です」

順子はなぜか、紗奈に対して敬語になっていた。

「倉持さんとは二年のとき同じクラスで」

「B組？　で牧瀬？　牧瀬、牧瀬……。ああー！　牧瀬さん？」

「あ、はい」

順子としてはぎこちなく頷くしかなかった。倉持紗奈が思い出したのが、どの場面の順子なのかわからないし、もしかしたら思い出していないけれど合わせてくれた可能性もあったからだ。

その様子を、周りにいる男子はなんとも言えない表情で見守っていた。彼らからすれば、交わるはずのない世界が交わっているのだ。不思議に見えてもおかしくはない。

「なんか羨ましいなあ、学食でみんなでお勉強」

倉持紗奈がそう言ったので、宮田くんがすかさず、

「いつでも来なよ。紗奈は自分の課題とかやればいいし」

と笑顔で言った。宮田くんは、倉持紗奈のことが気になっているのだろうか。

「なんか校舎もコンクリート打ちっぱなしで地味だし、学食も黄緑っぽくて芋っぽくてださいし、けどそれがなんか温かみって感じでいいよねえ」

宮田くんの提案には答えず、倉持紗奈は伸びをした。

「みんなパソコン持ってるのが本当にウケる」

「え、大学にパソコン持っていかないの？」

別の男子が聞くと、

「持ってかないよ。重いし、授業では使わないし。基本パソコンは家にあって、レポート書く用、みたいな」

と倉持紗奈が言った。そうなんだ、とカルチャーショックを受ける様子の男子に、順子も驚きながら倉持紗奈を見ていた。

一年前と、どこが違うんだろう。とにかく明るい茶髪としか言いようがなかった髪色は、茶色と一言で表せない、絵の具を何色も混ぜたような複雑な色に変わっている。メイクもただの濃いメイクでもナチュラルメイクでもない、あか抜けた印象に変わっていた。というか心なしか、目自体が大きくなったような気がする。といっても、順子は髪を染めたこともメイクをしたこともないので、その印象が本当に正しいのかはわからないのだが。

結局その後、倉持紗奈と宮田くんたちは飲み会があると言って帰っていった。順子たちはひたすらに課題をこなす機械のようになった。

「英語の要約終わった？」

「基礎実験の事前レポートって手書き何枚？」

「データベース概論の課題解けた人いる？」

そんないつも通りの会話を繰り広げ、十八時を過ぎるとだんだんと人が減っていく。順子も例外でなく、十八時十分くらいに席を立ち、家路についた。

「ただいまー」

部屋に挨拶をして鍵を閉め、キーケースを玄関のフックにかける。洗面所で手を洗ってうがいをし、靴下を洗濯機に入れる。ワンルームの部屋に向かい、デスクにパソコンを置き、コードを繋いで充電を始めた。

家に帰ってからのルーティンは、一年間ずっと変わっていない。順子はため息をついて椅子に座り、明日の授業に合わせて教科書をリュックに詰め替えた。

今日、倉持紗奈が、うちの大学に来た。宮田くんと村井くんにどんな意図があったのかはわからない。けれど倉持紗奈が食堂に来て、順子と仲良くなりたいと言った。言葉の全てを真に受けるほど子供ではない順子だが、高校生のときに話しかけることすらできなかった人と、敬語になってしまったとはいえ話せたのだ。

そういえば入学当初、宮田くんたちと話すときも、同じような感慨を抱いていた。高校のときは交わることのなかった世界の人々。そんな言い方は大袈裟かもしれないが、順子にとってはそれが当たり前だった。

倉持紗奈はきっと、順子を覚えていない。空気を悪くしないように、思い出したと言ってくれたのだ。彼女は「上」の人だったが、彼ら一人ひとりが悪い人ではないのだと、順子は思っている。

そんなことを考えていると、スマホの通知が鳴った。

【倉持紗奈：順子ちゃん！　二年B組のグループ見てたら本当にいてびっくり！　友だち追加しちゃった♡】

読み終わり、順子は思わず眉を寄せる。

「え？」

高校では、クラス替えがあると新しいクラスでチャットのグループを作っていた。連絡事項を流したり、行事の写真を共有したりするのに使うのだ。順子も二年B組のグループには入れてもらっていたが、今もまだそれが残っているとは思っていなかった。そしてそれを使って倉持紗奈が順子を「友だち」に追加するだなんて、信じられなかった。

あまりに返事をしないのも失礼かと思い、順子はありがとうございます、とだけ打ち込んで返す。するとすぐに返事が来る。

【倉持紗奈：順子ちゃん硬すぎ笑】

これに関しては何を返せばいいのか見当もつかなかったので、順子は読むだけ読んで何も返事をしなかった。

倉持紗奈の目的は一体何なのだろう。そう考えたときに真っ先に思い出されるのは、去年の同窓会での「高学歴男子まじでちょろい」発言だった。サークル内だけでは飽き足らず、サークル外の高学歴男子を捕まえようとしているのだろうか。順子としては、自分の周りにいる男子が高学歴男子に分類されることに違和感はあっても、それが特に不快だとかそういう気持ちはなかった。

だとしても、順子に連絡を取る理由は全くわからない。彼女の狙いはついに高学歴女子になったのだろうか。

今日は不思議なことがあったと思っていたところで、倉持紗奈からの連絡というさらに不思議なことが起こり、順子は何が何だかわからなかった。しかしそんなことを考えても意味はないのだと、順子はいつも通りご飯を食べてバイトの作業をし、普通に眠りについた。

翌朝、いつものように実験のための長ズボンに着替え、順子は家を出た。その日の実験は電子回路についてのもので、回路図からコードを繋ぎ合わせたりして、解析自体は難しかったが、なんだか高校時代を思い出す内容だった。

実験が終わって学食に向かうと、なぜか倉持紗奈がまたいた。何もすることがなさそうだった昨日と違い、手書きのレポートらしきものに取り組んでいる。

「お疲れー」

宮田くんが当たり前のように声をかけてきたので、お疲れ、と順子はためらいがちに返した。周りの男子は、倉持紗奈の存在にどこかそわそわしているように見える。

順子は空いていた宮田くんの左隣に座り、彼の右隣にいる倉持紗奈には聞こえないくらいの音量で話しかける。

「えっと、その、倉持さんは、なんで」

「え？」

学食が混雑しているからか、順子の小声はあまり聞こえないらしい。少しだけボリュームを上げて、再度順子は話しかける。

「倉持紗奈さん、なんでいるの」

「紗奈？」

宮田くんが普通の音量で声を出したので、順子は慌てて、

「違くて」

などと意味不明なことを言ったが、時すでに遅し、だった。

「何、私の話？」

そう言って倉持紗奈が身を乗り出して、こちらを見ている。目がキラキラとしていて、頬はピンク色で、唇はつるりと潤っている。まるで漫画の主人公だなと思いながら、順子は意を決して聞いてみた。

「倉持さん、なんで今日もいるんですか」

「え、ちょっと待って倉持さん呼び？　やば」

そう言って倉持紗奈はひとしきり声を出して笑い、順子の周辺の男子はその明るいムードに惚けているような感じだった。

「名字で呼ぶのと、あと敬語禁止ね？　紗奈って呼んで」

頬を膨らましてそう言った倉持紗奈、いや紗奈さんは、この学食内で圧倒的に可愛かった。

「えっとじゃあ、紗奈、さん」

「ねえ順子ちゃん、硬いって！　わかった！　私も順子って呼ぶから、紗奈って呼んで！　いい？」

何がわかったのかよくわからなかったが、紗奈さん、いや紗奈はいいことを思いついたとばかりにニコニコしている。

「じゃあ、はい、紗奈」

「よくできました」

紗奈はそう言ってとろけるような笑顔をこちらに向けてきたので、順子は自分が男子になったような気分になる。

「いや、そうじゃなくて、なんで今日、いるんですか？　いや、いるの？」

ようやく聞きたいことを聞くと、紗奈はなるほどね、と頷いた。最初からずっと、聞いているのだが。

「私ここ、気に入ったの」

「ここが？」

昨日はださいと言っていたのに？　とは聞けないまま、順子は妙な気持ちになった。順子たちがここを使っているのは便利だからであり、気に入っているからと言われると少し違和感がある。

「そう。なんか温かみっていうか、雰囲気がいいっていうか？」

「はあ」

納得できない気持ちで聞いていると、紗奈がそれに、と話を続けた。

「女子大ってさ、もちろん学内にもサークルはあるんだけど、別の大学のインカレサークルに入る子が多いのね。私もそうだし。だから授業終わると基本、みんなそれぞれの場所にかいさーんって感じなの」

「かいさーん……」

「ライムスマッシュの同期にもT女子大の子っていないし」

「そうなの？」

順子は真ん中で実験の事後レポートを進めている宮田くんに声をかける。

「うーん、多分そうだと思う。うちのサークルはいろんな女子大の子がいるから」

「同期に同じ大学の人がいないのって、心細くないですか？」

「うーん。でも先輩いるし、同期の男子はいっぱいいるし、って感じ？　てかまた敬語になってる」

「あ、すみません」

「ごめん、でいいから」

「う、うん」

「話戻すけどさ、こうやってずっと一緒にいられるみんなが羨ましくて」

「ええ……？」

ずっと一緒、という言葉と自分の状況に、順子はピンと来なかった。

「だって朝から晩まで授業一緒で、授業終わってここ集まって、課題のわかんないとことか相談しあって、それが終わってからそれぞれサークルとかバイトとか行くんでしょ？　めっちゃいいじゃん」

「まあ、便利は便利、だけど」

「だから私、来れるときはここに来ようと思って。二人だけの女子同士、仲良くしようね」

紗奈がそう言ってこちらに笑いかけたので、順子は曖昧に笑って目を逸らした。あの頃、教室で話しかけることすらできなかった順子に今の状況を見せたら、信じてもらえないだろう。

そんな話をしてから順子も実験の事後レポートを仕上げ、紗奈と宮田くん、村井くんはサークルがあるからと早めに抜けていった。

「じゃあね順子、また来るね」

後ろを通るときそう声をかけられて、順子は頷くことしかできなかった。もしかしたら高校生のときも、話しかけるきっかけさえあれば仲良くなれたのではないか、そんな幻想まで抱きそうになった。

周りの男子は紗奈が帰ってようやく息を吹き返した様子で、いつも通りの議論に花を咲かせていた。それまでは紗奈に話を聞かれているという緊張からか、口数が異様に少なくなっていた。こうして私たちの勉強会は、新たなメンバーを迎えたのだ。


倉持紗奈は週に二度ほど、うちの学食に来るようになった。最初こそ宮田くんの隣の席に座っていたが、次に来たときには当然のように順子の隣に座っていた。

「なんで隣……？」

理解が追いつかずに小声で呟くと、紗奈は耳がいいのかそれをしっかりと聞いていて、

「順子のことをもっと知りたいからだよ」

と言った。

これまで順子の近くにいた女友達は、中学高校でのお昼休みにひとりぼっちにならないようになんとなく集まった、言ってしまえば地味なメンバーだった。順子は地味だがオタクではない。けれど彼女たちはほとんどが何かしらのオタクだったので、語れるものを持ち合わせていないのは順子だけだった。彼女たちはお互いに自らの語れるものを通じてコミュニケーションを取るのが常で、順子はそれを大人しく聞くという形でそばにいさせてもらったのだ。

よく考えれば、大学でできた男友達にしても、勉強という語れるものを順子が持ち合わせているから、みんな仲良くしてくれているのだ。

しかし、紗奈は順子のことをもっと知りたいと言った。順子自身に興味を持っているのだ。そんなこと、これまで一度もなかったので、オタクではない女子のコミュニケーションとはこういったものなのだろうかと首を傾げた。

「私のことをもっと知りたい、というと？」

日本語を覚えたてのロボットのように辿々しく、順子は聞いた。紗奈はその様子がツボだったようで、ウケると何度も繰り返した。その言葉の響きに、高校時代のような見下すニュアンスは感じられなかった。

「だって高校でクラスも同じだったのに、一回も話した記憶ないんだもん。服も超地味だし髪型も適当だし、せっかく大学入ったのにどうして色々挑戦しないの？　とか」

「いやあ」

奨学金をもらっていてそれどころではない、と言ったら、場が冷めるだろうか。

「そういうのにあんまり、興味なくて」

「メイクくらいはした方がいいと思うけど」

紗奈がくるくるのまつげを見せびらかすように瞬きをしたので、順子は負けじと言い返した。

「メイクする時間があったら勉強した方がいいと思いますけど」

「はい頭固いし敬語使ったので減点でーす」

「……何の減点」

「わかんない」

紗奈が真面目な顔でそう言ったので、順子は思わず笑っていた。すると紗奈もおかしそうに笑い、みんなが勉強しているテーブルで、紗奈と順子の笑い声だけが響いていた。

「じゃあ順子に合わせて勉強の話でもする？　なんか宮田くんとかに聞いたけど、順子はあれでしょ、情報系？　なんでしょ」

「うん、まあ」

「それって何すんの？」

「まあ、世の中が便利になるようなシステムを作ったり、仕組みで社会を変えるような感じ、らしい」

　話しながら、実際のところ、順子も自分が専攻している情報システム工学というものが具体的に何を指しているのかはわからなかった。三年生になって研究室に入れば、自分の研究をすることになるから、そうしたらもっと的確に答えられるのかもしれない。

　そんなことを考えていると顔に出ていたらしく、紗奈がおかしそうに笑う。

「何そんな難しい顔してんの」

「いや、勉強のことを伝えるのって、難しいなって」

「面接じゃないんだから、もっと気楽に話そうよ」

　紗奈はそう言ってから、またおかしそうに笑う。

「じゃあ倉持さんは」

「紗奈、でしょ？」

「ああうん。紗奈は大学で何の勉強してるの？」

　そう順子が言うと、村井くんがこちらを見て笑う。

「紗奈は勉強なんてしないっしょ」

「は？　してるし」

　村井くんにそう言ってから、紗奈は順子の方に向き直る。

「私は社会コミュニケーション学科ってとこ」

「社会、コミュニケーション」

「まあざっくばらんに言うとメディアとか社会学とか、そういう感じ」

「へえ」

ざっくばらんすぎてよくわからないとは、言い出せない雰囲気だった。それから紗奈は少し声のトーンを落として言った。

「あとうちの大学は副専攻っていうのがあって、私は女性学・ジェンダー副専攻っていうのも取ってる」

「ジェンダー……」

またしても、順子にはあまり馴染みのない言葉だった。

「まあ、男女平等、とか、フェミニズム、とか？　なんとなくかっこいいから取ったんだけど、レポートとか結構だるめ」

そう言って紗奈が可愛い顔で笑うので、順子はそうなんだ、と言って自分の課題に戻った。周りの男子たちは、紗奈と順子の会話には興味を示していなかった。

またある日は紗奈が隣に座るなり、こんなクイズを出してきた。

「私は今日、いつもとどこか違います。さあどこでしょう？」

「ええ……？」

順子は心底困ってしまい、紗奈の全身を恐る恐る眺める。洋服は前回と違うが、それはきっと当たり前なのだろう。順子は少ない洋服でやりくりしているので、同じ組み合わせの日があってもおかしくはないのだが。そうなると髪かメイクだが、その二つに関して順子は特にわからない。髪は相変わらず明るい茶髪だし、メイクも綺麗に仕上げられている。

「ええっと、茶髪が明るい茶髪になった」

思い切ってそう回答すると、紗奈が目を丸く見開いて、それから大笑いした。

「明るい茶髪って何？　めっちゃウケる」

「え、でもそれは明るい茶髪では」

「ミルクティーベージュって色なの。覚えといて？」

「ミルクティーベージュ……」

「ちなみに不正解でーす」

「はあ」

変わったのが髪色でないとすると、顔か。いや、それとも髪を切ったのか。

「髪を切った？」

「整える程度に定期的に切るけど、それは変化には入りませーん」

「うーん」

なんだろう、この理不尽なクイズは。しかし早いところ正解して、プログラミングの課題に取り組まないと。

「口紅？」

「ちがーう」

「ネイル？」

「ちがーう」

「鞄？」

「ちがーう」

「目？」

「広すぎー」

確かに最後は聞き方がアバウトすぎたかもしれない。そう考えていると、

「だけど、目っていうのは当たってるから教えてあげる」

「それはどうも」

「答えは、まつげパーマでした〜」

「はあ」

「まつげに髪と同じようにパーマをあてるの。するとビューラーしなくても常にまつげがカールしてるから、マスカラを塗るのも楽なんだよね」

「へえ」

よくわからない単語がいくつかあったが、順子はそれを受け流してパソコンを開いた。

「え、ちょっと順子、冷たくない？」

「いや、わからなくて申し訳なかったです」

「ほらー、また敬語だから」

「減点？」

「わかってきたじゃん」

「まあ、それなりに」

そう答えて、順子は一年のときとは異なる言語のプログラミングを始めた。すると紗奈はタイピングが速いと横で褒めてくれて、悪い気分はしなかった。

紗奈は順子の隣にばかり座るようになり、男子そっちのけで色々な話をした。お互いの家の最寄り駅の話や、服装やメイクの話まで。男子たちは、牧瀬さんは髪の毛を染めない方がいいよ、だとか、派手な格好とかしないでほしいな、だとか、サークル入らなくていいよ、みたいなことを言ってきていたが、その真逆のことを言う紗奈は新鮮で、話していて楽しかった。

次に紗奈が来るのはいつなのだろうと、順子は楽しみに待つようにすらなった。

紗奈が来なかった日、いつものように課題を進めていると、順子の右隣の宮田くんが、電磁気学の課題が一段落したらしく、思い出したように言った。

「昨日サークルの女子大の子の課題手伝ってあげたんだけどさ」

「おう」

さらに右にいる別の男子が返事をしたので、順子は何も言わずに実験の事前レポートを書き進める。

「統計の課題、信じられないくらい簡単でさ」

「それはたまにここに来る子のやつ？」

紗奈のことだ。そう思って顔を上げると、宮田くんがこっちを向いた。

「いや牧瀬さんも聞いてよ〜。昨日サークルの女子大の子の課題やってあげたんだけどさ、統計学入門、みたいなやつで、平均値と中央値って何が違うんだっけとか真面目に聞かれちゃって、さすがにそれは高校で習うだろって、普通に引いちゃってさ」

紗奈であれば宮田くんはそう言いそうなので、これは紗奈のことではないのだろう。

「それは引くわな」

奥の男子は苦笑いを浮かべている。順子は頷くだけで、表情を変えられなかった。

「で、そいつメイクめちゃくちゃ濃いのね。アイシャドウがもう、なんていうかガッツリ」

アイシャドウを塗ったことがない順子にはその女の子の顔があまり想像できなかったが、

いつの間にか話に入ってきている男子たちは、メイクが濃い女子ってきついよな、などと笑っている。

「だから俺さ、お前そのアイシャドウ塗ってる暇があったら、もう少し本とか読んだ方がいいんじゃねって」

「えっ」

「言ったの？」

みんなが笑いを堪えるようにそう言った。その様子を見て、宮田くんはニヤリと笑ってから、

「言うわけねえだろ。カフェで飲み物奢ってよ、とか言って全部やってあげたよ。空気悪くしてもこっちにメリットないし」

とどこか得意げに言った。すると別の男子が、

「俺もインカレだけどさ、なんであそこにいる女子ってあんなに頭悪いんだろうな」

と笑ったので、みんながひでえ、と声を上げて笑った。

こんな会話を、順子たちは何度もしたことがあった。自分たちは頭が良くて、女子大の子たちは頭が悪いと、彼女たちを笑うような会話を。

――テニサーが飲みサーだなんて言われる原因は頭の悪い女子にあるんじゃないかと思ってるくらいだね。

――けど実際、まじで頭悪いんだよ。大学にもアホみてえな小さいバッグで行ってるし。

――メイクも濃いしな。

――この間の飲み会で sin x の微分は？　って聞いたら、あいつらなんて言ったと思う？

――サインってなんだっけ、だってさ。

――微分は知らないとしても、sin x の存在そのものを忘れるのは人として普通にやばいだろ。

――普通にバカだよな。

そして、その会話には、順子もいつも含まれていた。

――えー、それはバカかも。

ああいう言葉を口から発する時、そこにあるのは確かな優越感と妙な一体感で、友達という友達ができたことのない順子はそれが病みつきになっていた。誰かを馬鹿にすることでしか得られない連帯感。その対象が、順子たちの場合には女子大の女子であった。しかし順子がこの前紗奈に専攻を聞いた時、男子たちは誰も気にしていなかった。いや、なんなら紗奈に対して「勉強なんてしない」と決めつけるように言っていた。飲み会で微分の話をする十分の一の時間でも、彼らが彼女たちの学んでいることに耳を傾けたことはあったのだろうか。

「牧瀬さん？」

宮田くんに顔を覗き込まれていると気づき、順子は慌てて目を逸らした。

「どうしたの？」

声をかけられ、お茶を取ってくると答えて席を立った。順子はどこかおかしいのだろうか。今まで通り女子大の子を馬鹿にできないのは、順子のせいなのだろうか。

お茶が湯呑みに注がれているのを見ている間、順子はずっと紗奈のことを考えていた。

――順子のことをもっと知りたいからだよ。

ああ言ってくれた時、紗奈は順子が「上」だとか「下」だとか「W大」だとか「女子大」だとか、そういったことは何も関係なしに、順子のことを見ていた。

紗奈と知り合う前、女子大の子、というのは順子にとって単なる記号だった。頭が悪くて、メイクが濃くて、大学にも派手な格好で行っていて、いつも小さな鞄を持っている、未知の存在。同窓会で紗奈を見た時の勝手な印象が、順子にとっての全てだった。けれど今、紗奈と会話するようになり、女子大の子だって一人の人間なのだという当たり前のことに気づいてしまったのだ。これまで通り馬鹿にできないのは、当然のようにも思えた。

しかしそう考えると不思議なのは、インカレサークルで日々女子大の子と一緒に過ごしている彼らが、順子もいるとはいえ男子だけになると女子大の子を馬鹿にすることだった。一緒に過ごしているのに、彼らは人間として女子大の子を扱おうとは思わないのだろうか。

そんな考えが、頭の中をほんの一瞬通り過ぎ、そしてその間にお茶は注がれていた。

順子が席に戻るとみんな各々の課題をする時間に戻っていたので、順子はどこかほっとした気持ちで、レポートパッドから一枚レポート用紙を取り出した。

四月の終わり、紗奈はバイト前の三十分だけこちらに顔を出し、すぐにバイトに向かった。有名なチェーン店のカフェでバイトをしているらしい。

席を立ち、出ていくとき、紗奈は順子の肩をぽんと叩いた。

「またね」

そう小さい声で言って、紗奈はにこっと笑った。

「うん、また」

順子は遠慮がちにそう返すと、紗奈はそれを満足そうに見て、それからみんなにバイバイ、と声をかけていた。

最初のうちはしどろもどろという様子だった男子たちもすっかり紗奈に慣れたのか、じゃあねと手を振ったりしていて、順子はそれがなぜかおかしかった。

紗奈がいなくなって十分ほど経った頃、その日左隣に座っていた村井くんが急に順子に話しかけてきた。

「ねえ牧瀬さん」

「ん？」

アルゴリズムの授業の課題の話だろうか。そう思いながらお茶を啜ると、

「正直、どう？　紗奈」

と村井くんは言ってきた。

「え？　どうって」

質問の意味がわからず、そのまま聞かれたことを繰り返すと、村井くんが、だよな、と言って苦笑いを浮かべた。そして彼は別の男子と話をしていた宮田くんを呼んだ。宮田くんは順子と村井くんの後ろあたりにやってきた。

「どうした？」

「いや、紗奈の話」

「ああ……」

宮田くんは困ったような顔をして、そういうことかと小さな声で言った。村井くんが渋い表情で話し始める。

「紗奈がW大に興味あるっていうから、一度だけのつもりで連れて来たら、思いの外ここを気に入っちゃったみたいで。なんかめっちゃ来るし、牧瀬さんにもよく絡んでるだろ」

「ああ、うん」

話の流れがわからず、順子はただ頷いていた。すると村井くんが、意を決したように言

った。

「紗奈が来るの、正直迷惑だったりする？」

「え？」

「ほらあいつ化粧やら髪やら、課題に関係ないことばかり喋って、牧瀬さんの邪魔ばっかりしてるだろ？　俺たちもいつもみたいには話せないっていうか」

村井くんの言葉の意味がわからず、首を軽く傾《かし》げると、宮田くんが爽やかに言った。

「牧瀬さんが嫌だったら、もう来ないでほしいって頼めるよってこと」

「え？」

何がどうしてそうなるのか、順子にはさっぱりわからなかった。迷惑どころかむしろ、最近は紗奈が来るのを楽しみにしていたくらいなのに。

「ずっと思ってたんだけどさ」

村井くんが再び話を始める。

「紗奈と牧瀬さんって、女子として、タイプが全く違うじゃん。俺は高校も共学だったからわかるけどさ、タイプが違う女子同士ってやっぱり絶対仲良くなれないんだよ。男は、そうでもないけどさ」

すると、その話を聞いていたらしい他の男子たちも、思い思いのことを言い始めた。

「牧瀬さんみたいなタイプの子が、紗奈みたいな女に悪い影響受けたら嫌だなって、俺もずっと思ってた」

「わかる。髪とか染めないでね、牧瀬さん」

「やっぱ女子大の女は女子大にずっといるべきなんだよ」

「偏差値が違うからね、そもそも」

「そう、話が合わないのは当たり前」

「牧瀬さんも気にしなくていいよ」

「事故に遭ったようなもんだから」

みんな、順子が紗奈のことを嫌っているという前提で話している。なぜそうなるのか、順子には全くわからない。話が一瞬途切れた時を狙って、順子はいつもよりも少し、大きい声を出した。

「私、紗奈のこと、全然嫌いじゃないよ」

みんなの目が、本当に？　と疑うように順子を見ている。本当だよ、と小さい声で付け加えてから、順子は何も言えなくなった。

その様子を見ていた宮田くんが、そっか、と小さい声で言った。

「村井、お前のはやとちりだったかもしれないぞ」

「え、そうなの？」

村井くんは心底驚いたように目を丸くし、宮田くんと順子を交互に見た。

「牧瀬さんは別に紗奈が苦手とか、嫌いとかじゃないんだよね？」

宮田くんにそう聞かれて、順子は押し黙ったまま静かに頷いた。

確かに最初は別世界の人だと思っていたし、メイクや服が派手で苦手だったが、話してみて、それは順子の誤解だったとわかってきた。順子自身を知ろうとしてくれたし、距離を取ろうとする順子にいつも声をかけてくれていた。

けれどそれを彼らに話したところで、何も伝わらないのかもしれない。順子はそう思った。勉強仲間の男子をそんなふうに思ったのは、このときが初めてだった。

「紗奈に、もう来るなって伝えなくても大丈夫なんだよね？」

宮田くんが順子に優しく聞いた。

「うん、また会いたいし」

順子もようやく言葉が出てきたので、そう言ってぎこちなく笑った。

「なんだ、よかったー」

宮田くんがほっとしたように大きな声を出したので、順子はどうしたの、と笑ってしまう。

「いや村井がさ、もしかしたら牧瀬さんは紗奈が苦手で、それがきっかけでうちの勉強会から抜けるんじゃないかとか言うから」

「おいお前それは言わない約束だろ」

二人がそうやって笑いながら言い合っているのを見て、順子の心に浮かんだ違和感は、しゅるしゅると萎んで心の奥底に沈んでいった。

その日は順子の誕生日だった。特に言う必要があると思わなかったから、順子は誰にも言わなかった。そうして順子は、二十歳になった。

第三章

ゴールデンウィークは、順子にとってはアルバイトウィークだった。朝起きて簡単な食事を取り、すぐに採点業務に取り掛かる。冷凍ご飯を解凍して昼ご飯を食べてまた、採点を再開する。採点用のソフトに表示された受験生の解答と模範解答を見比べながら、それぞれの解答に点数をつけていく作業は、目は疲れるが負担にならなかった。

大学の課題はゴールデンウィークに入る前にあらかた終わらせてあったので、順子は規則正しい生活を送りながら、一人アルバイトをする毎日だった。夜は二十四時に寝て朝は七時に起き、アルバイトをして一日を終える。勉強仲間と遊ぶような予定はなかったし、遊びに誘うような知り合いもいない。そして奨学金をもらう身なのだから、アルバイトに力を入れるのは当然だった。

今年のゴールデンウィークは五日あり、さらにゴールデンウィーク明けは木曜で、二日間大学に行くとまた土曜日だった。

醤油だけをかけた色気も何もないパスタを平らげ、お風呂に入ってジャージに着替え、気づけば二十一時だった。順子にはスマホを見て時間を潰すという習慣がないため、プログラミングの教科書を開いた。授業では先の範囲だが、テキストマイニングというインターネットの文字情報を自動で取り込める方法に興味があったのだ。

パソコンを開いてプログラム用のエディタを開き、教科書に載っているプログラムを打ち込む。こんなことをずっとできる仕事に就けたらいいなと、順子はぼんやりと思う。

それから時間が経ち、自力でテキストを取り込めるような環境が整った頃、順子のスマホが着信音を鳴らした。

「電話？」

電話なんてたまに親から来るくらいだったので、こんな夜遅くに誰かからかかってくるなんて珍しい。画面を見ると、二十三時半という時間と、倉持紗奈という名前が表示された。

「紗奈？」

順子は慌てて通話ボタンをタップした。

「もしもし？」

『もしもし順子、助けて』

「え？」

『今順子の家の最寄り駅のあたりにいて』

紗奈の声は、どこか声を抑えているような、低い声だった。

『匿《かくま》って』

「え？」

『追いかけられてるの』

「追いかけ、え？」

事態が飲み込めず、順子は混乱していた。

「どういうこと？」

『靴がないの』

お互い混乱しているからか、話があまり成立しない。

『お願い、順子しか頼れる人がいないの』

そう言われて、順子はとにかく紗奈を助けることにした。

「靴がないの？」

『そう。履いてこれなくて』

ますます状況がわからなくなったが、順子は一旦電話を切った。すると紗奈からすぐに位置情報が送られてきて、それは確かに順子の家の近くだった。

「靴がないって言われても」

紗奈の靴のサイズなんて知らないし、知っていたとしても、順子と同じサイズでなければ貸すことはできない。コンビニで靴なんて売っていないし、町の靴店はもうとっくに閉まっている時間だった。とりあえずジャージのポケットに財布とスマホを入れて玄関に向かう。サイズが合わなくても履けそうな靴、と思いながら見ていると、玄関に置いてあるスリッパが目に入った。いつか友達を家に招くだろうと購入したが、一度も使われていない、ベージュのスリッパ。

順子はそれをひったくるようにして取り、鍵をかけて家を出た。

紗奈は近所の路地にいるらしく、順子は走ってそこまで向かった。角を曲がると、女の子がしゃがみ込んでいた。暗がりでよく見えなかったが、あれはきっと紗奈だろう。

「紗奈……？」

小さい声で呼びかけると、紗奈はこちらを向いた。そして今にも泣き出しそうな顔で立ち上がり、ゆっくりとこちらに近づいてきた。靴下はボロボロで、ワンピースは何かで濡れている。

「あの、これスリッパ」

順子がそう言ってしゃがんでスリッパを置くと、ありがとう、と頭上から涙声が降ってきた。

「サイズ、合うかな」

立ち上がってそう聞くと、紗奈は曖昧に笑って、ありがとう、ともう一度繰り返した。

「よかった」

返事らしき返事はもらっていないが、順子はとりあえずそう返した。紗奈がスリッパを履いたのを確認して順子が歩き出そうとすると、紗奈が手を繋いできた。

「え？」

「怖いの」

そう言われてしまうと断れず、順子は紗奈と手を繋いだまま、できるだけ足早に帰った。歩いている間中、順子は気が気ではなかった。紗奈は追われている、と言っていた。誰に追われているのか、どうして追われているのか、なぜ靴がないのか、何が悲しくて泣いているのか、今のところ、順子には何もわからなかった。何もわからない中で確かだったのは、繋いだ紗奈の右手が、ずっと震えていたということだった。

「……大丈夫？」

そう聞くと、紗奈が履くスリッパのペタ、ペタ、という音だけが聞こえた。

「ごめん、大丈夫じゃないよね」

返事も待たずにそう付け加えて、順子は紗奈の手を引いて家に向かった。紗奈からは少しお酒の匂いがして、飲み会だったのだろうかとぼんやり思う。けれど家に着くまでは、何を聞いても答えてもらえないような、そんな気がした。

家に着いて、紗奈がうちに入ってくる。繋いでいた手を離し、紗奈はスリッパを脱いで玄関から上がってきた。

「このスリッパ……」

困ったように紗奈が言ったので、使わないやつだからそのままで大丈夫、と返した。

「ありがとう」

そう言って紗奈はふらつきながらワンルームの部屋に入り、所在なげにしている。

「手とか洗う？」

いつもの習慣なのでそう聞いただけだったが、紗奈はその言葉に涙を溜めて、

「洗う」

と決心したように言った。紗奈が手を洗ってタオルで拭き、その間に順子も手を洗った。

部屋のどこに座ってもらおうかと順子は悩んだ。物置になっている椅子から物をどかすか、ベッドに座ってもらおうか。

部屋に移動して、順子は紗奈に言った。

「適当なところ、座っておいて」

紗奈が座りたいところに座ればいいと思った。泣いている紗奈にティッシュを箱ごと渡し、順子は冷蔵庫から麦茶を出した。誰も使ったことのない二つ目のコップに、麦茶を注《つ》

いでいく。

二つ麦茶を持って食卓兼勉強机のデスクに置き、お茶はここにあるから、と声をかける。ベッドサイドのテーブルなんてお洒落なものはうちにはないため、仕方なかった。紗奈はベッドに座ってずっと泣いていて、正直どうしたらいいかわからなかった。酔った席で告白でもして振られたのだろうか。いや、それなら追いかけられるはずはないし、靴がない理由がわからない。

とにかく紗奈を落ち着けようと、順子は麦茶を一口飲んでベッドに向かった。座ろうとすると、紗奈が体をビクッと震わせたので、

「隣座ってもいい？」

と聞いた。紗奈が黙って頷くのを見て、順子はようやくベッドに腰掛けた。

今日の紗奈は様子がおかしい。それは最初に連絡が来た時から明らかなのだけど、その理由が全くわからない。順子はただ隣に座っているだけで、紗奈はずっと泣いている。ティッシュのゴミがだんだん溜まってきたのを見て、順子はゴミ箱を持ってきて紗奈の近くに置いた。壁にかけた時計を見ると、二十四時をとっくに過ぎていた。紗奈の終電は大丈夫なのだろうか。

「今日、帰れるの？」

聞くと、紗奈は俯いてごめんなさい、と言った。

「帰れないなら帰れないで、まあ、ほら、一緒に寝るとか？　このベッドで人と寝たことないけど」

順子はそう言って、すると紗奈が少しだけ笑ったように見えた。けれどそれはほんの一瞬で、順子が泣いている紗奈を慰めようと背中に触れようとすると、やめて、と静かに言われた。

「私、どっか、洗面所とかにいた方がいい？」

順子がいると紗奈が辛いなら、それも仕方がないと思ったが、紗奈は、

「ここにいてほしい」

と涙ながらに答えた。順子は自分がやれることを探して、

「麦茶飲む？」

と聞いた。すると紗奈が「うん」と答えたので、やるべき仕事が見つかったとばかりにデスクから麦茶のコップを取ってきて紗奈に渡した。

「寒くない？」

紗奈の洋服が濡れていたのを思い出し、順子はそう声をかけた。

「ああ、寒い、かも」

「着替える？　私の部屋着とかでよければ」

順子の部屋着は紗奈の普段着ている洋服と比べたらかなりださいはずだが、紗奈はそう

すると言って、順子が適当な部屋着を渡すとすぐに着替えに洗面所に行った。そして順子の上下グレーのスウェットに着替えると、ピンクのワンピースを手に、再び泣きそうな顔になった。とりあえずベッドに座らせて、お気に入りのワンピースが濡れてしまって悲しいのだろうと思い、順子は声をかけた。

「これ、洗う？　今洗えば朝までには……」

しかし順子が言い終わらないうちに、紗奈が言葉を遮った。

「捨てたい」

「え？」

「この服、捨てる」

「え、なんで？」

理解が追いつかず、順子は混乱した。そのワンピースは順子のTシャツやトレーナーとは違い、どう考えても高い素材でできていた。汚れてしまっても、クリーニングに出せばいいのだから、わざわざ捨てる必要はない。それもこれも、紗奈に今日何があったのかに関わることなのだろうか。

順子はこれまでずっと聞かなかったことを、口に出して聞いた。

「ねえ紗奈、何があったの」

紗奈は黙っている。

「言いたくないなら言わなくてもいいけど、私は心配しているよ。靴がなくて追いかけられて、洋服も捨てたいなんて、よっぽど辛いことがあったんでしょう」

紗奈は最初、黙っていた。順子も、紗奈が話し出すのを待っていた。

時計が一時を回った頃、紗奈は眠いと言った。順子は何があったのかを聞くべきだと思っていたが、順子自身も眠かった。結局、その日はお互いシャワーを浴びて同じベッドで眠った。


翌日、目を覚ますと先に紗奈が起きていた。昨日コップに入れた残りの麦茶を飲んでいる。シングルベッドに二人では眠れないかと心配したが、紗奈の寝相が悪いとかもなく、意外とよく眠れた。

物置代わりにしていた椅子から教科書類をどかし、朝ご飯は二人でシリアルを食べた。紗奈は質素な朝ご飯に文句を言うでもなく黙ってそれを口に運び、それから時折泣きそうな顔になった。どうしたの、と言ってしまうと涙が止まらなくなってしまいそうで、順子は見なかったことにして、ただ牛乳に浮いたシリアルを眺めていた。

シリアルを食べ終えると、紗奈が昨日の服をまた捨てたいと言い出した。順子は明後日がゴミの日だったと思い出し、一緒に出しておくよと受け取った。そのワンピースは順子が触ったこともないような柔らかくて軽い素材だった。きっと高いだろうに、とまた思い、順子はその考えを頭から追い払った。

食べ終えた皿を片付け、また二人分の麦茶を注いだ。食卓兼勉強机は一人分にしては広かったが、二人だとちょうどいい大きさだった。

「昨日ね」

紗奈が口を開いたので、順子は息を呑んだ。何を言われるのか、全く予想がつかなかった。

「宅飲みがあったの」

「タクノミ?」

初っ端からわからない言葉につまずいてしまった。

「飲み屋さんとかじゃなくて、誰かの家で飲むこと。自宅の宅で、宅飲み」

「ああ、なるほど」

話の腰を折ってしまったと思いつつ、おそらく最初に出てきたこの言葉の意味がわからないと、この先の話もよくわからなくなってしまう気がした。

「それは、紗奈の家で?」

「ううん、サークルの先輩の、多田さんって人が一人暮らししてるマンションの部屋で」

「多田さん……」

聞いたことがある名前だった。紗奈たちのサークルの先輩、つまり宮田くんたちのサークルの先輩。そう考えていると、急にその場面が蘇った。

——俺、多田さんだけは尊敬してるんだ。

確か、宮田くんがそう言っていた。

——俺と高校も一緒で、あ、W大付属男子ね。去年も成績は学年トップ3で後輩の面倒見もまじで良くてさ。

後輩の面倒見も良くて優秀な、多田さん。付属ということは東京にずっと住んでいるはずだが、一人暮らしをしているのだ。考え込んでいると、紗奈の話を止めてしまったと気づく。

「あ、ごめん、続けて大丈夫」

「昨日ね、本当は女子二人男子三人で宅飲みする予定だったの。ゴールデンウィークに新歓合宿があったから、その打ち上げにサークルのメンツで」

「シンカン合宿？」

「ああ、サークル入ってないんだっけ。大体のサークルは合宿があって、うちは新歓合宿——新入生を歓迎する合宿と、夏合宿と冬合宿があるの。内容は、まあテニスをしたり飲んだり」

「そっか。それで？」

「うん、それで宅飲みの話に戻すと、当日になって女子が一人来れなくなっちゃって。けど、女子一人になっちゃったからって断るのも自意識過剰っていうか、変じゃん？」

「そう、なのかな」

男子三人に紗奈が一人で、マンションの一室で飲み会というのは、何かあった時に危なそうな気がしたが、サークルの仲間だから大丈夫ということだろうか。

「それで普通に参加したんだけど」

そこまで言って、紗奈は麦茶を一口飲んだ。

「えっと、その家主の多田さん、は何個上なんだっけ」

「一個上」

「他の人は、幾つなの」

「あとは同期が二人」

「そう」

その状況で、ここから靴を奪われる展開になる理由が、順子には全くわからなかった。

「集合が八時とかで、そっからドンキに行ってウイスキーとか、酎ハイの原液とか、そういう、簡単に酔えるお酒を買ってきたの。濃いめのやつも、なんでも作れる状況だった」

「うん」

「それでコールとかゲームとか、うちらのサークルの飲み会でよくやることをずっとやってて、お互いに飲ませ合うみたいな感じで、私も結構酔っ払ってて、みんなも結構ペース早くて」

お酒を飲まない順子にはよくわからなかったが、酔っ払った人の様子はありありと頭に浮かんだ。

「そしたら、誰だったかな。多田さんかな。うん。多田さんが、王様ゲームやろうぜって言い出したの」

「王様ゲーム？」

「やったことない？　クジで王様を決めて、王様が出した指令をランダムで決まった人がやるゲーム」

順子はもちろん経験がなかったし、それの何が楽しいのかも、全くわからなかった。

「それは一体、何が楽しいの？」

「うーん」

紗奈はそう言って困ったような顔をし、それからだんだん泣きそうになった。下唇を噛み、震わせ、息を鼻からゆっくり吐いている。

「大丈夫？」

「ああ、うん、ごめん」

紗奈はそう言ってまた麦茶を一口だけ飲んだ。もっと欲しいなら持ってくるけど、と言うと、大丈夫と笑った。

「王様ゲーム、イメージつきづらいと思うんだけど、たとえば、私が王様になったとして、他の人には番号が振られてるのね。だから私が、一番が三番の飲み物を全部飲み干す、とか指令を出したら、クジで一番だった人は三番の人の飲み物を指令通り飲まないといけないの」

「なるほど」

それはゲームというよりただの理不尽では、という思いを胸に、順子は紗奈の話を聞いた。

「最初はね、本当にこれまでのゲームの延長で、誰かが誰かにお酒を飲ませるだけだったの。一番は持ってる酒を飲み干す、とか、王様以外は一気飲み、とかね」

「一気飲み」

「それで途中で王様が多田さんになって、そしたら……」

紗奈はそこまで話すと、思い出してしまったのか、呼吸が浅くなる。紗奈の手元にあった麦茶はなくなってしまっており、順子は思わず自分のものを差し出した。

「ありがとう」

紗奈は順子の麦茶を一気に飲み干し、ふう、と息をついた。

「指令がね、少し過激になったの。何番は何番にキス、とかで、男同士のキスとかもあって私は笑ってたんだけど、私の番号がわかると、だんだん指令が私に集中していって」

「王様ゲームって、王様は何度も指令を出せるの？」

「ううん。指令を出せるのは一回だけ。ルール上はね。でもそのときはみんな酔っ払ってたし、多田さんに逆らおうって人もいなかった」

「そっか……」

「多田さん、目が据わってきてね、すごく怖くて、無理やりキスとかされているうちに、気づけば下着を脱がされてた。ワンピースだったからね。そしたら他の男子がなぜかお酒を私のワンピースにかけて、女体盛りだって、そこから啜って飲んでた」

　話しているときの紗奈は先ほどまでのように順子の方を向いていなかった。どこか遠く、昨日の夜に向かって、この話をしているみたいだった。

「多田さんが自分のズボンと下着を脱いで、男子たちはやべえやべえって盛り上がってて、私は逃げようとしたけど、体が動かなかった。ベッドに仰向けに転がされて、多田さんのマンションの天井に、人の顔の形のシミがあるのを見つけた。だけどこれって本当に人の顔の形をしているんじゃなくて、点が二つと棒があれば人の顔に見える、そういう脳の誤作動なんだって、テレビで言ってた。だからきっとこれも脳の誤作動なんだろうなと思っていたら、多田さんに挿《い》れられてた」

「挿れられてた……」

　順子には経験はなかったが、性器の挿入だということは、知っていた。

「多分私は泣いていて、なのに誰も気づいてくれなかった。何回か中で多田さんが動いて、よし、次の指令を決めるぞって、多田さんがクジに手を伸ばしたの。その拍子にそれが抜けて、今しかないと思った。とにかくスマホが入った鞄だけ持って、床にあった下着を鞄に入れてリビングを抜け出した。多田さんは酔ってて動けなかったけど、他の男子たちが追いかけてきて、昨日の靴、レースアップシューズで靴紐を結ばないと履けないやつだったから、履いてたら捕まると思って靴下のまま逃げたの。しばらくは同期が追いかけてきたけど、何度も角を曲がって撒《ま》いていたらいなくなった。それで、順子に連絡したの。大学にこんな深夜に連絡できるような友達はいなかったし、サークルの友達には相談できなかった。それに順子がこの辺に住んでるって、前に話してたから」

「そっか」

順子の大体の疑問は晴れていた。洋服が濡れていた理由、追いかけられていた理由、靴がなかった理由、お酒の匂いがした理由。特にお酒の匂いがしたのは紗奈が酔っていたというだけではなく、紗奈の洋服がお酒で濡らされていたからだったのだ。

「同じ学年の二人っていうのは、誰?」

自分の知っている人だったらどうしようと思いながら聞くと、紗奈は鮎川《あゆかわ》くんと田辺《たなべ》くん、という順子の知り合いではない名字を出したので、少し安心してしまった。

「警察に話しに行こう」

順子は少し考えてそう言ったが、紗奈は首を振った。

「嫌」

そう言って、紗奈は順子を睨んだ。

「なんで？　こんなの、犯罪じゃん」

「でも、未成年飲酒だし」

「未成年飲酒？」

「私の誕生日、九月十五日だから」

「ああ、なるほど」

順子は自分が二十歳になっていたから気づかなかった。大学二年生にはまだ、十九歳で飲酒が許されていない人がいるのだ。

「それに警察に言ったら、私が悪いって言われるかもしれない」

そう神妙な面持ちで俯く紗奈に、今回の場合は悪いのは紗奈ではなく、相手のはずなのにと、順子は不思議に思った。

「やめてって、言わなかったの？」

順子は当然思い浮かんだ疑問を投げかける。すると紗奈はこちらを向いて、薄く笑った。

「言わなかったと思う？」

紗奈はこちらを軽蔑しているような眼差しで、順子はすぐにごめん、と謝った。

「何度も言ったよ。やめてください、やめて、お願いだからやめてください、本当にやめてください、今やめたら全部忘れるから、どうしてやめてくれないの。やめて、の言い方にこんなにバリエーションがあるなんて、自分でもびっくりするくらい」

「本当に、ごめん」

順子は続けて謝ったが、紗奈はまたその場面に戻ったかのように涙目になっていた。

「誰も、何も聞いてくれなかった。全部全部聞こえないふりで、自分たちのやりたいことを続けるの。その間私が何を考えてたかわかる？　自分を責めてたの。もう一人の子が来れなくなった時点で行くのをやめておけば、男ばかりの飲み会なんて断れば、王様ゲームを断れば、コールを断れば、少し酔ってきたところで適当な予定をでっち上げて帰っておけば、って」

「ごめん。私が考えなしで」

そう言うと、紗奈は黙り込んだ。麦茶も飲み干して、しばらくの間、順子の家は沈黙に包まれた。一人でいる時よりもずっと、部屋が静かに感じられた。紗奈は頭が痛いと言って再びベッドに向かった。順子は部屋を薄暗くし、紗奈が起きないように静かにできる課題、手書きのレポートなどをやっていた。

昼前の時間になったが、順子の家には人に出せるようなご飯はなかったので、どこかに食べに行こうかと思った。

「お昼、どうする？」

うとうとしている紗奈に、順子は小声で話しかける。家に帰らないの、とは、なんとなく聞けなかった。紗奈は何も返事をしなかった。

「うち、まともなご飯ないから、外で食べるとかどう？　駅前に出ればファミレスとかあるし」

「外、出たくない」

「でもうち、何にもないよ」

「多田さんに会うかもしれない」

そう言った紗奈の声は震えていて、順子は昨日握った紗奈の右手を思い出した。紗奈はまだ、昨日の恐怖の中にいるのだ。

「じゃあ、コンビニで買ってくるよ。何がいい？」

「何も食べたくない」

「そしたら適当に買ってきちゃうね。食べたくなければ食べなきゃいいから」

順子はそう言って席を立った。紗奈が食べなかった分は自分の食事にすればいい。財布を持って部屋を出ようとすると、後ろから声がした。

「帰ってきてくれるよね」

紗奈は心底不安そうに、ベッドから声を上げていた。順子はその様子が小さな女の子のように見えて、愛らしさと同じくらいの痛々しさを感じた。

「私はここに帰ってくるよ」

そう言って、順子は家を出た。


コンビニに行くまでのおよそ十分の間、順子は紗奈から聞いた話を頭の中で整理していた。紗奈のサークルの多田さんという先輩の家で行われた宅飲みで、紗奈が多田さんに酷いことをされた、ということで間違いないのだろう。その場には他に紗奈と同期の男子が二人いて、彼らもそれに加担したのだ。

アスファルトをスニーカーで蹴りながら、順子は考えを巡らせる。

話を聞いてまず思い浮かんだのは、宮田くんの言葉だった。

——俺、多田さんだけは尊敬してるんだ。

宮田くんのことは、順子だってよく知っているつもりだった。その宮田くんが尊敬する先輩が、そんなことをしただなんて、順子としてはまさかという気持ちだった。彼らはこういうことをするのは初めてだったのだろうか。話の流れを聞く限り、ゲームが盛り上がってついそうなってしまったというようにも、計画的に、常習犯的にやっているというようにも思えた。紗奈の話の通りであったなら、彼らは絶対に許されるべきではない。

「だけど」

順子はそこで立ち止まった。曲がり角を一つ通り越していたらしい。遅れて左に曲がり、くるりと道を戻る。

順子はそれから、自分でも残酷だと思う考えが浮かぶのを止められなかった。紗奈が言ったようなことがあったのだとしても、それは高学歴男子を捕まえたいと言っていた彼女の、自業自得なのではないかという考えだった。

――高学歴男子まじでちょろいから。

同窓会でそう言っていた紗奈の言葉を聞いて、嫌な気持ちになったのは嘘ではなかった。自分の友人が、ちょろいと言われていることに、反感を抱いたのは事実だった。

今回だって、そもそも紗奈が高学歴男子との出会いを求めてインカレサークルに入らなければ、起きなかった事件なのではないかと思った。しかしそれが最低な考えだということにも、順子は気づいていた。

ふと顔を上げると、いつも使うコンビニに着いていた。中に入ってカゴを取り、梅とおかかのおにぎりとミックスサンドウィッチ、カップに入っているインスタントの味噌汁とトマトスープを入れた。和風がいいと言われても洋風がいいと言われても対応できるようにしたつもりだった。レジで袋を買い、一応箸を二膳もらった。順子の家にも予備の箸はあったが、割り箸の方が綺麗だろうと思った。

先ほど頭に浮かんでしまった考えを振り払うようにして、順子は帰り道、何も考えないようにして歩いた。街にはいつもより人が多く、そこにいる誰もが、いつもよりも浮かれているように見えた。


「ただいまー」

いつものように部屋に挨拶をして鍵をフックにかけると、中から「おかえりー」という声がして、順子は一瞬驚いた。紗奈がいるのはわかっていたが、ただいま、と言っておかえり、が帰ってくるのが随分と久しぶりだった。手を洗ってから部屋に向かい、レジ袋の中身を紗奈に説明する。

「色々買ってきたけど、和風と洋風どっちがいい？」

紗奈は先ほどはいらないと言っていたが、食べ物を見たら気が変わったようで、

「おにぎりと味噌汁がいい」

と言った。紗奈はサンドウィッチなどを食べるイメージがあったので意外だったが、食欲があるというのはいいことだと思ったので、順子は少し安心した。

「お湯沸かすから待っててて」

小さなキッチンにある湯沸かしポットに水道水を注ぎ、それからスイッチを入れた。ゴー、と独特の音が鳴り、順子は冷蔵庫から麦茶を持って部屋に戻った。二人のコップに無

言で麦茶を注いでいると、紗奈がぼんやりとそれを見ている。

「ごめん、麦茶、嫌い？」

今更だったがそう聞くと、紗奈は首を横に振った。安心してピッチャーの中身を注ぎ終わり、順子はキッチンに戻って新しい麦茶を作った。いつもの安い麦茶のパックを入れ、水道水を注いでいく。小さい頃、友達の家に行った時に麦茶の味が自分の家のと違うのが不思議だったが、うちの実家の麦茶と、順子がここで作る麦茶の味も少し違う。麦茶のパックと、それから水道水の味が地域によって違うとか、そういう理由なのだろうか。それとも味自体は実はみんな同じで、家ごとの柔軟剤や芳香剤の香りが、違うように感じさせているのだろうか。色が違っても味はほとんど同じだというかき氷のシロップと同じ原理で。

お湯が沸き、順子はポットを部屋に持っていく。紗奈は順子のトマトスープもパッケージを開けて準備してくれていたので、味噌汁とトマトスープにお湯を注ぎ、それぞれ割り箸でかき混ぜた。ポットを戻してから、順子は再び席に着く。

紗奈の目は昨日泣いたからか腫れていて、それを見ていると、順子は自分が思いついてしまった考えの恐ろしさに気づく。高学歴男子を捕まえようとしたから自業自得だなんて、そんなはずがない。

しかし紗奈にそんなことを言うわけにもいかず、順子は黙ってミックスサンドを食べていた。紗奈も嫌いな具があるとかそういったことは言わず、おにぎりと味噌汁を黙って食べていたので、順子は親のように安心した。

食べ終わり、ゴミやカップを袋に入れていきながら、順子はずっと思っていたことをようやく言葉にする。

「やっぱり、警察に行った方がいいんじゃないかな」

警察、という言葉に紗奈は固まり、それから何も言わなかった。

「だって、これって事件でしょ。人が死んだとか刺されたとかじゃなくても、立派な事件だよ。私たちでどうにかなる問題じゃないんじゃないかな。ちゃんと警察の人に調べてもらって、事件として立件してもらって」

「なんでわかってくれないの？」

紗奈は怒りか、それとも悲しみか、どちらかわからなかったが声が震えていた。

「さっきも言ったじゃん。どうせ警察に行っても私が悪いって言われるの。未成年飲酒で、女が一人の飲み会で、宅飲みで」

「そんなことない」

「それに」

そう言って、紗奈は順子を睨んだ。

「あいつらが、動画撮ってたらどうするの。それをみんなに送ったら？　警察に言うってことは被害者として私の名前が出るってことでしょ？　もしこういう事件の場合は名前が出ないんだとしても、あいつらが出したら意味がない。全部バラされて、私が悪いって言われて、どうせそうだよ、高学歴男子を狙った女の自業自得だって、みんなに後ろ指さされて」

自分が思ってしまったことを言われ、順子は何も言えなくなった。

「順子もどうせそう思ってるんでしょ？　私の自業自得だって」

「そんなことない」

「でも本当に、動画撮られてたらどうしよう。ばら撒かれたら、みんながその動画を持ってたらどうしよう。連休明け、大学に行ったら、みんなが私が映った動画を見て、笑っているの。あいつはバカな女だからって、そうやってみんなで笑って」

「大丈夫だって」

紗奈は息が荒くなっており、順子はその背中をさすりながら、大丈夫、と繰り返した。しかし現場にいなかった順子には彼らが動画を撮っていたかどうかは知る由もないので、本当に大丈夫かはわからなかった。

背中をさすっていたが、紗奈はずっと何かに怯《おび》えているようだった。順子はその様子を見ていると、これはもしかしたら自分だったのかもしれないと思うようになった。順子も、テストの後に飲み会に誘われることはある。それがもし誰かの家でやるとなったら、女は順子一人になる。その場で、今回の紗奈みたいなことが絶対にないと、順子はどうして言い切れるのだろうか。周りにいる男子は、紗奈に酷いことをしたのと同じ、W大の男子たちなのに。

「大丈夫」

もう一度、順子は、紗奈に届くようにしっかりと、その言葉を伝えた。紗奈は最初よりは落ち着いてきたようで、ありがとうと涙を流している。この涙は、自分の涙だったのかもしれないのだ。順子はティッシュを差し出しながら、そんなことばかり考えている。

これまで女子大だと私たちが馬鹿にしてきた女の子たちは、順子と何も変わらないのだ。彼女たちを馬鹿にするということは、順子自身をも馬鹿にするということだ。そんな当たり前のことに、順子は今更、こんなことがあって初めて気づくことができたのだ。

「落ち着いた？」

順子がそう聞くと、紗奈は黙って頷いた。

「本当に、順子がいてよかった」

「え？」

「私こう見えてさ、こっちに友達、あんまいないんだよね。こういう、本当に緊急事態のときに、電話をかけてもいい、そういう友達」

「そうなの？」

いつも友達に囲まれていそうな紗奈には意外な発言だった。

「前にも話したかもしれないけどさ、高校が同じ子たちは家が離れてる。女子大の子たちは仲はいいけど、みんな別々のサークルで遊んでるから、なんかバラバラって感じで」

「でも、同じサークルにも女子はいるでしょう？」

「いるよ。いるけど、その子たちは大学が違うから。なんか授業の話とかはできないし、根本のところが同じじゃないっていうか、そういう感じがするんだよね」

「そうなんだ」

他大学の知り合いが紗奈くらいしかいない順子には、よくわからない感覚だった。

「それにさ、W大の男子とはたくさん知り合いになれたけど、W大の女子とは全然知り合いになれなくて」

そう言われて、順子は宮田くんたちに聞いた話を思い出す。

「だってW大の女子は、そういうインカレサークルに入っちゃいけないんでしょ？」

「いけないわけでもないらしいけど、入りづらいだろうな、とは思う」

「入りづらい？」

「これ、宮田くんとかには黙っててほしいんだけど」

「うん」

紗奈が麦茶を一口飲んだので、順子も麦茶に口をつけた。

「サークルの男子たち、W大の女子のこと、あまりよく言ってなかったから」

「え?」

順子は信じられないという気持ちが大きかった。だって、宮田くんとは毎日一緒に勉強しているのだ。それが、悪口というか、あまりよくないように言われていただなんて。

そう思いながらも、順子は頭のもう片方で、そういうこともあるのかもしれないとも思っていた。なぜなら順子たちのテーブルでは日々、女子大の子たちの頭がいかに悪いかという話で盛り上がっていたのだから。その逆のことが別の場で行われていたとしても、なんらおかしなことではない。

「やっぱり、ショックだよね」

順子の沈黙を勘違いした紗奈が、神妙そうに頷いた。順子は違くて、とそれを否定した。

「そういうこともあるかもって、思って。たとえばどんなことを言ってたの?」

「傷つかない?」

「わかんないけど、聞きたい」

「そっか」

紗奈は再び頷いて、それから覚悟を決めたように口を開いた。

「うちの学科の女は男みたいだって。いつも長ズボンにスニーカー、それからでかいリュックって、村井くんかな、言ったの。私は何も考えずに、えーだっさーいって、笑っちゃったの。それからもそういう話はよくあって、勉強のことしか考えてないとかメイクをしないとか髪の毛がとか、とにかく容姿に関することが多かったかな。私はその頃W大の女子と会ったことがなかったから、本当に勉強しか頭にない人が多いんだって、勝手に思ってた」

「うん」

順子は唇を嚙み締めていた。いつも一緒にいる村井くんにそんなふうに思われていたことが悲しかった。長ズボンにスニーカーなのは実験があるからなのに、きっとそういう説明はしてくれなかったであろうことも悔しかった。

「二人に案内してもらって順子に出会って、色々わかった。リュックを背負っているのは大きなパソコンを常に持ち歩かなくちゃいけないからだし、実験によってはメイクも禁止されてるって」

まあそんな規則はないのだが、メイクをしていると先生に目をつけられる実験室もあるのは事実だった。

「長ズボンにスニーカーなのはね……」

順子は自分が説明できることは説明した。紗奈の誤解を解きたいのか、自分がよく見られたいのか、わからなかった。

「そうだったんだ。なんか、嘘ってわけじゃないけど、隠してることばっかりだね、あいつら」

紗奈は呆れた顔で薄く笑った。化粧を施していなくても、ミルクティーベージュの髪に縁取られた紗奈の顔は美しかった。

「それで言うとさ」

順子は意を決して声を出す。逆もまた然りだと、紗奈に伝えてしまっていいのか、迷いがあった。紗奈はこんなことがあってもまたサークルに顔を出すのかもしれない。そう思うと、これは知らない方がいいのかもしれない。けれど、順子と紗奈の見えない溝が、その正体が、ここにある気がしてならない。

紗奈は顔を上げて、順子が話し出すのを待っている。

「うちの学科の男子たち、紗奈とサークルが違う人もいるんだけど、その人たちも、女子大の人たちを馬鹿にするようなことを言ってた」

「そうなの？」

紗奈は鋭い目つきでこちらを見た。

「うん」

順子が頷くと、紗奈は笑い出す。

「どんなこと言ってたの、あいつら」

「サークルの女子大の子なんて頭悪くて話にならない、あいつら sin x の微分聞いたらサインってなんだっけとか言うんだよ、って。私も、それはバカかもって、言った。見た目にばっかり拘《こだわ》って、中身が空っぽ、みたいな、そういう話ばかり。私も紗奈に会うまでは、女子大の人で知り合いなんていなかったから、そういう話を真に受けてた。だけど最近は、そういう、女子大の人を馬鹿にするような話をされても、うまく笑えない」

「そうなんだ」

「ごめん、怒った？」

順子は全部が自分の言ったことではないのに、紗奈を怒らせてしまったのではないかと気掛かりだった。

「怒ってないよ。でも、順子も女子大の子に対する偏見はあったんだ？」

「メイクとか洋服が完璧だから、勉強はあんまり、なのかな、って」

声がどんどん小さくなり、順子は自分で自分が恥ずかしくなった。

「あれね、朝はすっぴんにマスクで行って昼休みにメイクをするから三限、昼休みの後くらいから顔が出来上がってくるんだよ」

「そうなの？」

順子は思わず笑ってしまった。放課後に向けて、彼女たちはメイクを仕上げていたのだ。

「にしてもさ」

紗奈が麦茶のコップの底を睨む。

「あいつら、なんでそんなことしてるんだろうね」

「そんなこと？」

「だから、うちらのところではW大の女子の悪口言って、W大の女子の前ではうちらの悪口言ってさ」

「なんでだろ」

「でも、順子に会うまで、私がW大の女子をださくて勉強しかできない人たちって思って見下してたのは紛れもない事実で、きっとそれは順子も同じでしょう？」

順子は何も言えなかった。確かに女子大の人は見た目ばかりに気を取られているというイメージがあり、それをバカみたいだと思っていた。けれどここで見下していた、とはっきり口にしてしまうのは、順子には少し抵抗があった。

「その沈黙が答えだよ」

紗奈はそう言って笑った。順子は困ったように笑ってみせた。

「あいつらの目的はさ、私たちを分断することだったんじゃないかって、思うわけ」

「分断？」

聞きなれない言葉に、順子は声を上げる。

「授業で習ったの」

「例の、ジェンダーの？」

「そう。自分たちがサークルで仲良くしている女子大の女子と、普段一緒に勉強しているW大の女子が仲良くなったら不都合な理由が、あいつらにはあるんだよ。私もW大の学食に何度も行ってた時は宮田くんとか村井くんにほんのり嫌味言われてたし」

「そういえば私も、紗奈とは合わないいんじゃないか、紗奈が来るのは嫌なんじゃないかって、あの二人に言われた」

「答えが出たね」

紗奈は難しい問題の解法を思いついた時みたいに目をキラッとさせた。

「私たちが見下しあってた原因はサークルの男子。それははっきりした。だけどどうしてそんなことをするのかはわからない」

「こういう時のため、かな」

順子は少しだけ浮かんでいた、恐ろしい考えを口にした。

「こういう、悪いことがあった時、女子大の子たちがW大の女子に助けを求められなくするため、とか。だって私たちの家は彼らの家のすぐ近くだし、助けを求めるならそれが一番いい。けどほとんどの女子大の子たちにはそんな友達はいないから、結局自分と同じサークルの男子を頼るしかない。でもサークルの男子は結局男子の味方だから、こういう被害に遭った女の子は泣き寝入りする羽目になる……ってことかな」

「順子は頭がいいね」

「そんなことないけど」

「つまりあいつらは、私たちが連帯することを恐れてるんだ。私たちが協力したら困ることになるって、本能か先輩からの伝達か、あいつらは知ってるんだ」

これは現実なのかもしれないが、順子たちにとってはある種の現実逃避じみた会話だった。

順子は紗奈が元気になったように見えて、少しだけ安心してしまった。けれどおそらくそれは今だけ、ほんの少しだけ出てきた空元気みたいなもので、家に帰って一人になったら萎んでしまうもののように思えた。

時計を見るともう夕方だった。

「紗奈は、明日の予定とか大丈夫?」

「明日バイトだ。朝から」

「じゃあ今日は帰らなきゃだね」

いずれにしても明日は月曜日なので今日は帰るだろうと思ってはいた。

「でも服とか、靴とか、どうしよう」

紗奈が順子のグレーのスウェットのままそう言った。確かに、ワンピースを捨てることになった以上、服はこれで帰ってもらうしかない。問題は靴だった。紗奈は順子と靴のサイズが違うので、スリッパくらいしか履いてもらえるものがない。

「どうしよう」

考えていると、ふと、地元から夏用にビーチサンダルを持ってきていたのを思い出した。使う機会なんてなかったので、ベッドの下の収納にしまってあるはずだ。

「ビーサンならあるかも」

「まじ？」

ベッド下の引き出しを開き、底の方にある浴衣やら水着やらの夏用のお出かけセットを見つける。その中に、紺色のビーサンもあった。

「これなら」

紗奈に差し出すと、すごい、と笑ってくれた。

「まじでそれ」

「スリッパで電車乗るわけにはいかないもんね」

「忘れ物はない？　っていうか、その、あっちの家に忘れたものはないの？」

そう聞くと、紗奈の表情が陰り、実は、とスマホを見せてくる。

「先輩からずっと、電話来てて」

「多田さん？」

「そう。メッセージが来てないから用がわかんないし無視してるんだけど」

それを聞いて、順子は、この事件はまだ終わっていないのだという気がした。多田さんはまだ紗奈を探し回っているのかもしれない。おそらくは、口止めのために。

「送っていくよ。家まで」

順子は自然とそう言っていた。荷物をまとめていた紗奈が、本当？　と嬉しそうに笑った。

順子の家の最寄り駅に着くまで、多田さんとは会わなかった。万が一会ってしまったときのために、紗奈は念のためマスクをつけていたが、その必要はないらしかった。

「これもう外しちゃおうかな、マスク」

紗奈がそう言ったので、順子はいいんじゃない、と相槌《あいづち》を打った。

駅の改札を通り、ホームに着くと、次の電車まであと五分だった。

「多田さん、元々は私をサークルに勧誘してくれた人なの」

紗奈が悲しげにそう言ったので、順子はそうなんだ、とだけ言った。

「大学に入って、東京なんて初めてで訳もわかんなかった頃、大学の外でビラ配って大声で勧誘してててさ。ビラ配ってる人なんてたくさんいたけど、多田さんが一番大きい声出しててて」

「女子大って、中には入れないんでしょ？」

宮田くんたちの話を思い出しながら、順子はそう聞いた。

「そう。だから新歓のビラ配りも、大学の門の外でしかできなくて。とりあえずもらえるビラ全部もらってたんだけど、多田さんがすごい声かけてきたの」

それはきっと紗奈が可愛かったからだろう。順子は新歓の時期に自分には先輩たちがあまり興味を示さなかったのを思い出す。

「テニスなんてやったことないって言ったら、とりあえず話聞いてみるだけでもって、タダで飲めるからって言われて」

順子はその時期、始まったばかりの大学生活で課されたあまりにも多くの課題に翻弄されていた。

電車が流れるようにやってきたので乗り込み、紗奈の話の続きを聞いた。休日だからか車内は混んでおり、座れなかった。

「とりあえず連絡先交換して新歓コンパに行ってみて、そしたら同じ大学の子はサークルにはいなくて」

「一人で行ったの?」

「うん。とは言っても多田さんが知り合いみたいなつもりだったから、一人って感覚はなかったかな」

「そうなんだ」

「女子の先輩で同じ大学の人はいたから、単位の話とかは聞けるのかなって思って。結局その人は別の学部だったから、過去問とかはもらえなかったな」

「でも、少しは不安じゃなかった？」

そう聞いたとき、電車が大きく揺れた。順子も紗奈も吊り革に摑まり、紗奈は窓の外を見て答えた。

「全然。男子の先輩たちがさ、すごい言ってくるの。学外の友達が増えるのって、こういうサークルしかないよって。私もさ、学内の友達って高校みたいに自然にできるものだと思ってたから、こういうサークルに入った方がいいのかもって思って」

「W大の男子とも知り合えるし？」

聞いてから、これは少し意地悪な質問だったと順子は思った。けれど紗奈は嫌な顔をするわけでもなく、そうだね、と頷いた。

「高学歴な男の人に、憧れがあったんだよね。私、なんていうんだろう、その人の知性みたいなものが見えたときに好きになるタイプで、高校時代から、勉強ができる人が好きだったの。あの頃はクラスでの自分の立ち位置とかそういうのがあったから、好きな人と付き合うってわけにもいかなかったけど」

「ふうん」

高学歴男子目当て、というか、頭がいい人が好きな人もいるのだと、順子はこのとき初めて知った。

「それで色々別のサークルにも行ってたりもして、その間も多田さんは毎日連絡くれて。別に私のことが好きとかじゃなくて新歓の一環だったみたいなんだけど、私はちょっとそれを勘違いして、高学歴男子ってちょろいじゃんとか思ったりして。多田さん、そのとき彼女いたらしいのに」

同窓会での発言が、どういう背景でのものだったのか、少しわかった気がした。

電車がW大の最寄り駅に到着し、二人は電車を降りた。紗奈の最寄り駅はここから地下鉄で四駅らしかった。二駅のところに紗奈の大学があり、そこから二駅先に住んでいるという。

階段を降りながら、紗奈が自分のスウェットで、ださいビーチサンダルを履いているのが不思議に思える。

「どうしたの？」

気づかずに立ち止まっていたらしく、紗奈がこちらを振り返る。

「いや、なんか不思議だなって」

順子は思ったことをそのまま言うと、紗奈がおかしそうに笑った。

「確かに、順子と二人でこんな話してるのって、なんか不思議」

それは順子が不思議に思ったこととは少し違っていたが、順子はそれについて何も言わなかった。地下鉄独特の薄暗い照明の改札を通り、ホームで電車を待った。

紗奈の悲しみは一見なくなったように思えるが、おそらく心の奥底ではその出来事があったという事実を認めたくない気持ちに溢れているのだと、先ほどの話で思った。だって、わざわざ多田さんの話をする必要はないのだ。それはきっと紗奈の信じたくない気持ちが表れたもので、だからこそ紗奈は多田さんの良かった思い出を話して、なかったことにできないか試しているのではないか。順子はそう思った。

地下鉄はそれからすぐに来て、順子たちが乗り込むと発車した。車内は先ほどより空いており、順子たちは空いていた席に座った。地下鉄はずっと景色が見えないのに、窓があるのはどうしてなのだろう。紗奈が何も話さなかったので、順子はそんなどうでもいいことを考えていた。すぐに隣の駅に着いて何人かが乗車して何人かが降車する。

次に電車が停まったのはT女子大のある駅だった。本当にW大から近いんだなとぼんやり思い、新歓でビラを配りに行くW大の男子たちもこの電車に乗ったのだろうと思う。たくさんのビラを抱えて、できるだけ可愛い女子を入れよう、何人が目標だ、なんて会話をしながら、きっと彼らは笑っていた。電車はすでに発車したが、順子は新歓にやってくる男子たちのことをずっと想像していた。ビラは誰が作ったのだろう。どれくらいの一年生と連絡先を交換したのだろう。そんなことをこれまで考えたことはなかったので、こうやって想像しているだけでも、順子は自分が知らない世界を勝手に覗いているような、妙な感覚があった。

「次だよ」

紗奈に声をかけられ、順子は電車がもう次の駅を通過していたことに気づく。変な想像に頭を働かせていたせいで、周りを見ていなかった。座席はだいぶ空いてきており、人が降りていく一方だった。

駅に着き、紗奈が立ち上がった。順子も遅れて立ち上がり、電車のドアをくぐる。駅はW大の最寄り駅とほとんど変わらない作りで、まあ地下鉄の駅なんてどれも似たようなものなのだが、それでも別の駅だとわかるから不思議だ。

エスカレーターで改札の階まで上がり、改札を出て、紗奈は慣れたように二番出口を目指していた。小さい駅で、出口は三つしかなかった。

二番と書かれた階段を順子より先に上がりながら、紗奈はこちらを振り向いた。

「ごめんね、色々」

そう言って紗奈はすぐ前を向いてしまったので、順子は気にしないで、と大きめの声で言うしかなかった。

夕方とはいえまだ街は明るく、紗奈が一人で帰っても危なくなさそうな、のどかな住宅街だった。小さな商店街があり、そこを通って、紗奈は家に帰るらしい。

「そういえばね」

商店街を背景に、紗奈が思い出したように言った。倉持紗奈と商店街という組み合わせが、なんだか意外で、順子は珍しいものでも見たような気分だった。

「サークルの女子って、ずっとチヤホヤされるわけじゃないんだよ」

「え？」

「さっきの話聞いて思ったでしょ。女子大の子ってチヤホヤされてるなって」

「まあ、それは、多少は」

「けどそれって一年生の間だけなの。一姫二女《いちひめにおんな》、って知ってる？」

「知らない」

順子の生活に出てきたことのない単語だった。頭の中で変換するのにも苦労したくらいだった。

「正確には一姫二女三婆四屍《さんばあしかばね》っていうんだけど、一年生は姫、二年生になったらただの女、三年生はお婆さんで、四年生は屍」

「何それ」

悪趣味にも程があると思った。

「だから私はもう女で、来年にはお婆さんってわけ」

「そんなの、本気で信じてるの？」

「信じてるっていうか、周りがそう扱ってくるから、自然と。それこそジェンダーの授業とかではね、そういう分断を煽《あお》るようなことをするのはおかしいって、みんなで連帯しないといけないって勉強するんだけど、今そういう扱いなのは、私には実際変えようがないよね」

紗奈がそう話し終わるのと同時に商店街を抜け、温かみのある光景から冷たい住宅が並ぶ風景に変わった。

「それの男子版はないの？」

「ない。強いて言えば、三年が一番強い、くらい？」

紗奈が歌うように言ったので、順子はおかしいと言えなかった。男子と女子で、年齢で区別があるのはおかしい。けれどそもそも、男子はW大学で、女子はいろんな女子大から集めているのもおかしいのだろうか。だんだん自分でもよくわからなくなって、順子は紗奈の歩く後をついていくだけだった。

「ここ曲がって、その先を左に行くと、うち」

「そっか」

さっきの話を蒸し返す雰囲気でもなく、順子たちは無事に紗奈のアパートに到着した。二階建ての小綺麗なアパートで、紗奈の部屋は二階にあるらしかった。上がっていくかと聞かれたが、申し訳ないので断った。紗奈は玄関の鍵を開けて家に入ると、ドアを閉める直前、順子に手を振った。順子は手を振り返し、紗奈がドアを閉めたのを見届けると、ふうっと息をついた。

紗奈のワンピースはまだうちにあった。今度のゴミの日に処分しなくてはならない。昨日電話が来てからずっと、紗奈と何かしら話をしていた気がする。しかしこのときようやく、順子と紗奈の長い話が終わったのだと、順子はどこか安心していた。それは紗奈がこの出来事からすぐに立ち直るだろうという楽観的な考えも含んでいたし、実際このとき紗奈は元気そうだった。

アパートに背を向けて駅の方向に歩き出すと、近くにいたらしいカラスが鳴き、それからばさっと音を立てて飛び立った。

ゴールデンウィークが終わって一週間が経ち、順子の日常が戻ってきた。紗奈は、順子たちの学食には来なくなった。男子たちは順子に何かあったのかと聞いてきたが、順子は知らないと答えた。紗奈の身の上にあった出来事は、勝手に伝えてはいけないというのが、順子にとって当たり前だった。

その代わり、紗奈とは毎日のようにメッセージのやり取りをするようになった。時間があれば電話もした。内容は他愛もないものだったが、それで紗奈の気持ちが落ち着くならばと、できる限り付き合っていた。

いつものように課題を終えて帰宅し、冷凍ご飯を温めていた頃、紗奈から電話が来た。順子は出るとすぐにスピーカーモードに切り替えて、電子レンジを眺めながら、もしもし、と言った。

『順子？』

不安げな紗奈の声がして、順子はスマホの方を見やった。

「どうしたの？」

『大学の子たちにさ、あの夜の話をしてみたの』

「え」

あまり人に言うような話ではないのではないかと思ったが、紗奈には紗奈の考えがあるのだと思った。

『こういう被害があるよって、本当は同じサークルの子たちに言いたかったんだけど、同じサークルの子たちは大学が違って、サークルで会うとなると男の人がいるから』

「そうだよね」

電子レンジがチン、と音を立てたので、順子は冷凍ご飯を皿に出した。紗奈はこれ以上の被害者を出したくないのだとわかった。

『それもさ、きっと私たちが連帯しないようにするためだと思うの』

「ああ、連帯」

久しぶりに聞いた言葉だった。どこか夢のような、自分たちを全て肯定してくれるような、そんな、甘い言葉。

『順子もそう思うでしょ？』

「思うよ」

紗奈は本気で、自分の話をすれば、女の子みんなと力を合わせられると思っているのだ。順子ですら最初は、紗奈の自業自得なのではないかと思ってしまったというのに。紗奈の話に納得する一方で、その考えを甘いとも思った。

『同じサークルの人にはまだ話せてないけど、絶対話した方がいいと思うんだよね』

「確かに、被害が大きくなる前にね」

『そう。だから女子会とか開こうかなと思って』

「女子会……」

『女子飲みでもいいと思ったんだけど、お酒を飲みながらするような話じゃないでしょう？』

「スイーツ食べながらするような話でもないと思うけど」

『それはそうなんだけどさ』

紗奈が困ったように言ったので、まだ決まっていないのだとわかった。

「ちなみに大学の人たちは、どういう反応だったの」

『なんで？』

「だって、サークルの人たちに話す前に他の人はどういう反応だったのか知っておきたくて」

『なるほどね。順子は頭がいいね。実験みたい』

「茶化してる場合じゃなくて」

『そうだね。大学の子たちはみんな、可哀想、ひどい、警察に行った方がいいよ、って、そんな感じ』

「そっか」

よかった、と言うべきかわからず、順子は押し黙る。

『よかったって言うのが正しいかわかんないけど、批判的な人はいなかったよ』

「うん、なるほど」

『来週あたりにもサークルの子たちに話す機会を作ろうかなって思って』

「そっか」

紗奈は強いね、と言おうとして、順子はやめた。そんな言い方をしたら、紗奈が自分に弱音を吐くのをやめてしまいそうだと思った。自分が紗奈の友達なのかなんなのかはよくわかっていなかったが、それでも紗奈が安心して自分の弱い部分を出せる存在でありたかった。

『あ、そろそろバイトの休憩時間終わるわ。切るね』

紗奈が唐突に言って、そして電話は本当に切れた。

「勝手なんだから」

口ではそう言ったものの、順子としては悪い気はしなかった。

とにかく、紗奈は元気に大学に行っている。周りの子たちに被害の話をしているというのが少し気になったが、紗奈なりに、同じ目に遭う子が出ないようにという気持ちなのだろう。

冷凍ご飯は少し冷めてしまったが、順子は納豆をかけてそれを手早く平らげた。それからパソコンを開いて採点バイトのページを開き、二十時半くらいまで採点をし続けた。社会人になったら、一日八時間こうやって働き続けるのだと思うと、自分にできる気も、全くできない気もするから不思議だ。時々目が疲れると、チタンフレームのメガネを外して目薬をさし、順子はアルバイトを順調に終えた。

風呂に入って一息つくと、紗奈からバイトが終わったとメッセージが来ていた。お疲れ様と返し、なんだかカップルのようだと思った。順子には恋人ができたことがないので、カップルが本当にこんなやり取りをするのかどうかはわからない。

その後は最近気になっているディープラーニングの本を読み始め、日付が変わる前にはベッドに入った。ベッドの中でも、紗奈が大学で不当な扱いを受けないか、変な噂が立たないか、そういったことばかりが気がかりで、いつもよりあまりよく眠れなかった。

翌週の木曜の夜、紗奈から再び電話があった。

『今から順子の家行ってもいい？』

「だめじゃないけど」

たったそれだけのやり取りで電話は切れ、うちの場所がわかっているのか不明だったので念のため住所を送った。明日は二限からだったので、最悪紗奈がうちで寝ることになっても大丈夫だ。

紗奈がうちに来るのは、というか紗奈と直接会うのは、例の事件があって以来だった。何かあったのだろうか。

紅茶でも淹《い》れながら待っているのが女子らしい行動なのかもしれないが、あいにく我が家には紅茶はなかった。なので例によって麦茶を二人分コップに入れ、デスクの上に置いて待っていた。あと五分で着く、と連絡があってから二分で、玄関のチャイムが鳴った。覗き穴を見ると外にいたのは紗奈で、順子は鍵を開けてドアを開けた。紗奈はお邪魔しますと小さい声で言って、中に入ってきた。

「手を」

「はいはい、洗います」

紗奈は慣れたように手を洗い、夜ご飯食べた？　と聞いてくる。その時点ですでに二十時で、順子はもうご飯を食べた後だった。

「私まだなんだよね」

「そう」

そうは言ってもうちには出せるものがないと思っていると、紗奈は可愛らしい鞄の中からレジ袋を取り出し、夜ご飯、と笑った。

部屋に移動して、何も変わってない、と紗奈は笑う。今日の紗奈はよく笑うなと思いながら、順子はうまく笑えなかった。紗奈が来た理由がわからなかったから、というのが大きな原因だろうと順子は自己分析をする。

席に着くなり、紗奈はレジ袋から出したコンビニのサラダにドレッシングを回しかけ、それから割り箸を割った。パキン、という小気味いい音が、静かなアパートで凜々しく響いた。

「ビッチって言われた」

紗奈はそれだけ言ってサラダを食べ始めた。

「え？」

順子の反応は鈍くて、それがおかしかったのか、紗奈はふふ、と笑う。

「大学で、周りの子に話したって言ったじゃん」

「ああ」

事件のことを、ということだ。

「そしたらその子たちに噂立てられてるみたいで」

「それは、その、ビッチだ、って？」

口にしたこともない言葉だったので、順子は言葉にするのに時間を要した。

「そう。別の子から聞いたんだけど、そういう飲み会に行くのも私が悪いし、そういうサークルに入っていたのも私が悪いのに、そこで起きたことを被害者ヅラして喋るのは、モテてる自慢に違いない。だから私はビッチなんだって」

紗奈は淡々と語った。それを聞いてすぐに順子が思ったのは、そりゃそうだ、だった。そもそも紗奈がこの話を大学でしたと聞いた時には不安だったのだ。悪い印象を持つ人がいてもおかしくないと思っていた。

「でもさ、何その理論、って思うわけ」

紗奈は麦茶を飲んでから、そう言った。

「その子たち、つまり噂を立てている子たちも、インカレサークルに入ってるの。だったらいつ自分が私の立場になるかもわからないじゃない？　なのに私だけがそういう扱いを受けるのっておかしいし、想像力が足りないって思う」

「うん」

順子は自分の心が見透かされたみたいで、それ以上は何も言えなかった。それに、そりゃそうだ、なんて冷たいことを思ってしまった自分が怖くなる。自業自得なんかじゃないと、この間散々考えたのに。殺人事件が起きた時、殺された方を責める人なんていない。どうして、私は紗奈を責めそうになってしまうのだろう。

「ていうかモテてる自慢って何？　好きでもない人に無理やりされるのって、モテたことになるの？　あんなのがモテてるにカウントされるんだったら、私一生モテなくていい。しかもそれが自慢って」

紗奈の口調は最初こそ強かったが、だんだんと弱くなっていった。

「酷い」

順子はそれだけ言って、紗奈の麦茶を足すために席を立った。紗奈はほとんどサラダを食べ終えており、麦茶はほとんどなくなっていた。

麦茶を注ぎ足すと、紗奈はありがとう、と言って、弱々しい目で順子を見た。記憶の中にある紗奈の明るい目とは違い、奥底が真っ暗な、濁った目をしていた。

「順子は、私の味方でいてくれる？」

「え？」

自分の麦茶を注いでいる途中に急にそう聞かれて、順子は思わず麦茶をこぼした。

「あ、ごめん。かかった？」

紗奈にそう聞いたが、返事はなかった。順子は自分が何を聞かれていたのかを思い出し、急いで返事をした。

「私はずっと味方でいるよ。ずっとそばにいるよ」

そう言うと、紗奈の瞳の底は少しだけ光を取り戻し、順子って意外とおっちょこちょいなんだね、と笑った。そんなことはないと反論したいところだったが、せっかく紗奈が笑ったので、順子も合わせて笑ってみせた。

こぼした麦茶をティッシュで拭きながら、順子は紗奈がどうして家に来たのか、なんとなく理解したような気持ちになった。


翌週の月曜日、学食のいつもの席で、順子は数学の課題を進めていた。周りにはいつもと同じようなメンバーがいて、普段と何も変わらない会話が繰り広げられている。

紗奈の心には消えない傷ができたというのに、そしてそれは周りの人間による言葉の刃で膿《う》んでしまっているというのに、ここに来るとそんなものは何もなかったような気がしてくるのが不思議だった。

そもそも、順子は現場を見たわけではない。言ってしまえば紗奈の話を聞いただけで、それはつまり紗奈の噂話をしている他の人たちと何も条件は変わらないのだ。違いがあるとすれば、紗奈の涙を見たことくらいだろうか。自分がそうやって冷静に考えている時、順子は自分がとても冷徹な人間のように思えてくる。涙以外にも違いはあるはずなのに、ちゃんとした言葉としてそれらを表現できない。それはつまり、一歩間違えば自分も噂話をする側だったかもしれないということであり、そしてそれは、順子をどことなく居心地の悪い気分にさせる。

「なあ、あれ聞いた？」

「ライムスマッシュの？」

「そうそう」

　順子の後ろの列、別のグループから、そんな会話が聞こえてくる。ライムスマッシュというのは紗奈や宮田くんが所属しているサークルなので、きっと紗奈の話だ。噂話はここまで広がっているのだと実感し、順子は少し恐ろしくなる。課題を解きながら耳をそば立てていると、

「相手の子、泣き寝入りってガチ？」

「ラッキーだよな」

「うちでもやるか」

「それはやばいって流石に」

「だよな」

「普通やらねえよ」

「すげえよな」

「そういやこの間一女《いちじょ》を飲みに誘ったらサシはちょっとって言われてさ」

「なんだそれ自意識過剰かよ」

などという会話が聞こえてきたので順子は泣きそうになった。警察には行けない、と言った時の紗奈の表情を、王様ゲームで相手に酷いことをされたと話した時の涙を、彼らは見ていない。

涙を見たかどうかくらいしか違いがないと思ったが、それはとても大きな違いなのかもしれないと、順子は改めて思った。

右隣の村井くんが、順子のノートを覗いている。

「微積？」

そう話しかけられて、順子は頭を勉強モードに切り替えた。

「そう」

「今回、簡単？」

「マクローリン展開だからね。公式さえ見れば、そんなに」

「俺苦手なんだよなあ」

「テスト出るかもって、先生言ってたよ」

「ガチかあ」

村井くんはそうつぶやいてからスマホを弄《いじ》り、それにも飽きたようで自分の実験ノートを書き始めた。

しばらく課題を解いていると、今日は遠くの方に座っていた宮田くんがこちらにやってきた。順子は意識しないように目線をノートに固定していたが、肩をぽん、と叩かれる。顔を上げると、いつも通りの宮田くんがいる。

「おはよう」

もう夕方なのにそんな挨拶だったので、順子は笑ってしまう。

「なんでおはよう？　もう夕方」

「じゃあ、Good evening」

英語の発音が妙に良くて、そういえば宮田くんは英語のクラス分けで一番上のクラスだったな、とどうでもいいことを思い出した。

「腹減った。購買行かない？」

「え？　いいけど」

順子は鞄から財布を取り出して、宮田くんの後を追った。学食は夕方にはメニューが絞られており、そもそも食事をする場所なので軽食などの販売はない。なのでお菓子やちょっとした飲み物を買う人はここから歩いて一分ほどのところにある購買に行くのだが、順子はいつも無料のお茶を飲んでいて、縁がなかった。

大勢の学生が行き交う廊下を、宮田くんは歩いていく。二人で歩くのは初めてだったので今更気づいたが、宮田くんは順子よりも歩幅が大きい。順子は置いていかれないように、少し早足でついていく。

すぐの角を左に曲がると購買の入り口に着き、そのまま中に入ると思いきや、宮田くんはドアから外に出た。

「あれ、購買は」

順子が後ろから声をかけるが、返事はない。

うちの大学は建物こそコンクリートの打ちっぱなしでそっけないが、キャンパス内には木々が繁っており、ベンチもある。ベンチにはそこそこ人がいて、昼寝をしている人もいた。風が強く、木々は轟々《ごうごう》と音を立てて揺れている。宮田くんはあたりを軽く見回し、それから順子の手を取った。

「え?」

宮田くんに摑まれた左手の、温度が上がるのを感じる。順子はその手を振りほどかずに、ただ宮田くんに委ねた。彼は実験棟の方に向かった。実験棟のあたりにはベンチがなく、人通りも少ない。とにかく小走りでついていくと、建物の入り口を逸れた、何もない灰色の壁の前で、宮田くんは立ち止まった。

「ねえ、購買」

そう言うと、宮田くんはこちらを振り返り、ふっと笑った。そして順子の手を離すと、

「いきなりごめん」

と言ってぎこちなく笑った。もう久しく読んでいないが、小学生の頃友達に貸してもらって読んだ少女漫画では、こういう場面は告白のシーンではなかっただろうか。人気《ひとけ》の少ない校舎裏、掴まれた手、彼の笑顔。順子は半ばうっとりとした気分で、宮田くんの次の言葉を待った。付き合ってくださいと言われたら、どうしよう。誰かに告白をされるだなんて、生まれて初めてだ。

「……んだ」

「え？」

そんなことを考えていたせいか、宮田くんの言葉を聞き逃してしまう。いつもの自分らしくないと、順子は心を落ち着けた。

「ごめん、風が強くて聞こえなくて」

風が強いのは本当だったので、順子は自然とそう嘘をついた。宮田くんは困ったような顔をして、頷いた。

「紗奈のこと、知ってるんだ」

「え？」

聞こえているのに、全く同じリアクションになってしまった。順子は慌ててフォローを入れた。

「あ。ごめん、聞こえてる。紗奈のこと、なんで」

「もうサークルで話題になってる。うちの学食来なくなったのも、そういうことだろ」

順子は黙って俯いた。やはり紗奈の事件はサークルで話題になっているのだ。

「でも、なんで私に」

「仲良かったから。俺、牧瀬さんが女子と仲良くしてるの見て、結構安心したっていうか」

順子が紗奈のことを苦手だったら、紗奈がもう学食に来ないようにもできると言っていたのが嘘みたいな言葉だった。

「だから、本当に味方でありたいと思ってて」

「味方」

「うん」

頷いて、宮田くんは順子から目を逸らして、どこか遠くの、おそらく揺れている木のどれかを眺めた。

「サークルではやっぱり、紗奈を目の敵にするやつとかもいて、そっちにはつきたくなくて」

宮田くんの横顔を眺めながら、順子は「目の敵」と小さな声で繰り返した。

「俺、そんなのおかしいって、本当に思ってて」

「うん」

順子はさっきまで告白されるかもだなんて思っていた自分を恥じた。この人はこんなに真剣に、紗奈のことを考えていたというのに。一瞬でも浮ついた考えを持った自分が、とても愚かに思えた。

「だってそうだろ、自分のところの大学の女子は拒否して、いろんな女子大からちょっとずつ、バイキングの料理みたいに女子を見繕って、そうやって集めた女子を使ってするのが、こんなレイプまがいのことだなんて」

レイプという単語が出て、順子はこれが現実なのだと思った。この、紗奈からいきなり電話が来てからの一連の出来事に、わかりやすいラベルを、あるいはレッテルを、強く貼られた思いだった。

「こんなサークルじゃなかった」

宮田くんは自分に言い聞かせるように言った。

「俺たちが一年の初めの頃は、本当に普通のサークルだったんだ。新歓は可愛い子を連れてこいよみたいなノリはあったけど、それって多分どこもそうで。俺、あんなことになるなんて、思ってなくて」

「そっか」

あんなこと、というのはおそらく紗奈のことだ。

「まだやり直せるって信じてるんだ。もう二年になって、今更他のサークルに入るわけにもいかないし」

「うん」

「何か協力できることがあったらなんでも言ってよ。もう、紗奈には俺から連絡しづらいからさ」

宮田くんは俯きがちにそう言った。

「ありがとう」

順子はそれだけ言って、それから二人で購買に行ってアリバイ作りよろしく適当なお菓子を購入し、何事もなかったような顔で、元の席に戻った。

第四章

六月に入り、しかし順子の生活は、表面上は何一つとして変わらなかった。日々の授業、放課後に課題、週末は家で採点バイト。けれどこの代わり映えのない毎日を送る中で、紗奈の存在は日に日に大きくなっていった。

【今日、家行ってもいい？】

放課後に課題をやっていると、紗奈から連絡が入った。このところは毎日のように連絡を取り合っていたから、珍しいと驚くようなことではなかった。ただ、順子は宮田くんの話を紗奈には黙っていた。宮田くんがこの間のことを知っているというのは、紗奈のことがサークルのみんなに知れ渡っているというのとほとんど同じことで、それを紗奈に伝えるのは酷だと思った。

【いいよ。大学出る時また連絡する。六時くらいになると思う】

そう返信を送り、順子はパソコンに向き直った。今日の課題はアルゴリズムとデータの構造についての課題で、基本的な部分は解けたが応用編がなかなかの曲者だった。アルゴリズムというのは、ある計算可能な問題に対して、それに則れば誰でも解に辿り着ける方法のことだ、と順子は理解している。大学では、プログラミングについての方法を指すことが多い。

今日の課題は架空のショッピングサイトのシステムに関するものだった。会員登録や商品の購入をできるようにするためには、どのようなアルゴリズムが必要かというレポートを書かなくてはならない。おそらくはフローチャートというシステムの流れを示す図を書くことになるだろう。

順子は会員登録のところまではできていたが、商品の購入の部分がうまくできなかった。周りを見回すと、目の前に座る宮田くんがちょうどパソコンに向き合っている。

「ねえ」

声をかけると、宮田くんはどうしたの、と顔を上げる。

「アルゴの課題？」

その授業の正式な名称は「アルゴリズムとデータの構造」だったが、私たちはそれを「アルゴ」と略していた。

「そう。牧瀬さんも？」

「うん。商品購入のところがわからなくて」

「だよな。フロチャ書けねー」このフロチャというのも、フローチャートのことである。

二人でこの問題がいかに難しいかを語り合っていると、右斜め前に座っていた男子が、

「俺はあいつに聞いたよ」

と話に入ってくる。

「あいつって？」

「狭山」

「あー」

宮田くんが納得したように頷いた。しかし彼は動くのが億劫《おっくう》といった様子で、狭山ねえ、と一人呟いている。

「聞きに行こうよ。狭山くん、きっと学食にいるでしょ」

早めに課題を切り上げたいが、狭山くんに一人で声をかける勇気はまだない順子はそう言って、宮田くんを半ば無理やり立たせた。

「狭山どこいるか知ってる？」

宮田くんは斜め前の彼にそう聞いたが、

「しらね」

とにべもない答えが返ってきた。

「よし」

順子はそう言って宮田くんを連れて、二人で学食の全体が見渡せる、中心にやってきた。

黄緑を基調とした、のどかな学食の風景を、まるでハンターが獲物を狙うようにじっくりと見渡す。すると一人でパソコンに向かう狭山くんが隅の方にいると気づき、宮田くんの袖を摑んだ。

「え、ちょっと」

宮田くんが困ったようにするのがおかしくて、順子は構わず彼を引っ張った。この間手を握られた仕返しのつもりだった。

狭山くんのところに行き、自分たちの状況を説明すると、彼は親切にも自分が書いたフローチャートを見せてくれた。順子は覚えようとしたが、宮田くんはそれをスマホで写真に収めていた。

「ありがとう。またわかんないところあったら来るわ」

宮田くんはそう言って、順子の肩をぽん、と叩いた。

「うん、ありがとう」

なので順子もそう言って、二人で元の席に戻ることにした。その途中、

「フロチャ、写真撮ってもいいの？」

「写真を見ながら写した図だったらバレないからセーフ」

「確かに」

「後で送ってあげるよ」

「ありがとう」

「……あのこと、あれから何かあった？」

宮田くんが急に立ち止まる。あのこと、というのはつまり、紗奈のことだ。

「今日うち来るって」

「ガチ？」

そんなに仲良かったんだ、と彼は独り言のように言った。

「なんか困ったことあったら頼るから」

順子がそう言うと、宮田くんはどこか照れくさそうに「うす」と笑った。それから席に戻り、紗奈はどうして今日うちに来るのだろうと考えながら、宮田くんに送ってもらった写真を使って、課題を進めた。

一段落ついたと思いパソコンの時計を見ると、十八時になる五分前だった。そろそろここを出よう。そう思って帰り支度を始めると、宮田くんが声をかけてくる。

「帰るの？」

「うん、そろそろ」

「じゃあ俺も帰ろっかな」

宮田くんは普段はこのままサークルに行くことが多かったので、順子は思わず聞き返す。

「サークルは？」

「今日はいいかなって」

そのやり取りを聞いていたのか、少し離れた場所にいた村井くんが、お前今日の飲み会来ないの？　と聞いてくる。

「俺はパス、お前は行ってこいよ」

「はー？　宮田来ねえのかよ」

ノリ悪ぅ、と口を尖らせながら、村井くんは実験ノートを書いていた。この間飲み会でのオール明けに実験に向かったせいで頭が回らず、かなり適当に実験ノートを書いたところ、先生から再提出するようにと言われたらしい。

これが私の、変わらない日常だ。そんなことを思いながら荷物をまとめて席を立った。

「じゃあまた明日」

「おう」

「またー」

何人かの返事を背中に、順子は学食がある棟を出た。すると後ろから誰かが走ってくる音がして、振り返るとそれは宮田くんだった。

「駅まで、一緒に」

軽く息を切らしてそう言う宮田くんに頷き、順子たちは正門を出た。ここから駅までは歩いて十五分ほどだが、順子には誰かと登校したり下校したりする習慣がなかった。

居酒屋とラーメン屋が並ぶ道を、宮田くんと二人、歩いて行く。彼は何か言うわけでもなく、けれど先に行ってしまうこともなく、先日と違って順子の歩く速さに合わせて歩いてくれている。

「どうしたの」

たまらず、順子はそう聞いた。一度も入ったことのない中華料理店を通り過ぎると、豆板醬らしき調味料の香りが鼻をさす。

宮田くんは一瞬立ち止まり、驚いたように順子の顔を見たが、それからまた前を向いて歩き始める。

「俺は本当に、紗奈が心配で」

「紗奈が好きなの」

疑問形で聞くつもりが、ほぼ断定するような口調になってしまった。今までの態度を考えれば、宮田くんが紗奈のことを好きでも、何もおかしくないような気がした。

「好き……」

宮田くんがそう口走ったので、順子はやっぱりなと肩をすくめる。地味で誰にも相手にされなかった高校時代と変わり、順子も男子と話せるようになった。けれどただ、それだけなのだ。彼らは私の頭脳を使い、恋愛相手としては女子大の子の中から見繕う。そういう仕組みが出来上がっているのだ。一年生の頃は順子もまだそれに気づいていなかったが、今ではわかりきっていた。

「ではない」

「え？」

考え事をしている間に否定の言葉が入り、順子は棘《とげ》のある返事をしてしまう。

「あ、いや、え？」

その棘を和らげようと、丸くて柔らかい言葉を探したが、結局は同じような返答になった。

「何が？」

「だから、紗奈のことが好きかって話」

「ああ……」

自分で振っておきながら、順子はその話題を忘れかけていた。宮田くんといると、最近どこか調子が狂う。地味な中高時代、というか小学生にまで遡っても、順子とその友達の間では恋愛の話をしないという暗黙の了解があったので、それが恋のせいだとは思わなかった。恋なんて自分には縁のないもので、それを願ったら、せっかく学校生活が平穏に送れているのにバチが当たる。自分の身の丈以上のものを欲したら、何か、悪いことが起こる。恋愛がそれにあたるというのは、大学に入っても変わらなかった。だって彼らは、何度でも繰り返し思うが、私なんて相手にするはずがない。

「じゃあなんでそんなに心配するの」

順子の声は醒《さ》めていた。それが自分でおかしくて、順子は唇を強く噛む。

「こないだ言ったろ。俺は今のサークルのやり方に納得がいってなくて……」

と、宮田くんが言ったところで足止めをくらった。信号だった。赤い人間がピカピカと光り、こっちに来ちゃだめと言っている。

「紗奈が元気になれば、サークルは元に戻るの？」

「え？」

こんな質問、単なるいじわるだ。順子が発する言葉で、少しでも宮田くんが困ってしまえばいい。順子のことを、嫌なイメージでもいいから、いつか思い出せばいい。それはきっと好きな子をいじめる小学生の男の子のように純粋で、そして馬鹿げた支配欲だった。

「そんなふうに、思ってはないけど……」

「あ、青だよ」

宮田くんの返事を待たずにそう返し、順子はすたすたと先を歩いた。

「どうしたの、牧瀬さん、今日なんか変だよ」

「変？」

横断歩道の白と黒を、交互に踏みつけて順子は笑った。宮田くんが紗奈を好きだと言ってくれればよかった。そうすれば、あんな美人が相手だったら、順子は諦められた。こんなふうに考えていること自体、宮田くんが好きだということを明らかに表していて、自分が我慢していたことを謳歌する彼女たちに向けた侮蔑の視線を、自分に向けることになるのが嫌だった。そうだ。順子はやはり紗奈を、というか女子大の子たちを見下していて、けれどそれは単なる醜い嫉妬に過ぎなかった。

そんな自分が嫌になり、順子は歩みを速め、それから駅に向かって走り出した。宮田くんは、ちょっと牧瀬さん、と一度声をかけてきたが、その後追いかけてくる様子はなく、順子はいつもと同じように電車に乗った。電車の中で紗奈に「今電車乗った」とだけメッセージを送り、空席を見つけて座ると、自分のお尻がいつもよりもひんやりと冷えていて、それは嫌な汗によるものだとわかって気持ちが悪かった。

玄関のチャイムが鳴って、紗奈が来たのだと腰を浮かした。デスクにはもう二人分の麦茶を用意してある。覗き穴から外を見るとやはり紗奈だった。鍵を回してドアを開くと、紗奈は白いワンピースを着ていた。外はいつの間にか雨が降り出したらしく、傘を持っている。事件の日もワンピースを着ていたと思い出してしまい、順子は余計な思考を遮るために声を出した。

「どうぞ」

そう言うと、紗奈は無言で靴を脱ぎ始める。レースアップのブーツで、脱ぐのに時間がかかりそうだ。少し様子を眺めてそれに気づき、部屋に戻ろうとしたところで、順子はある違和感を覚えた。

紗奈、痩せた？

順子の心の中に浮かび上がったこの疑念は紗奈を二度見して確信に変わった。七分袖から出る細かった腕がより細くなり、ブーツから出てきた右足も、今までよりさらに引き締まっている。引き締まっていると言うよりは、やつれた、という言い方が正しいかもしれない、そんな痩せ方だった。

けれど順子は紗奈にそれを言い出せなかった。順子のこれまでの友人との関わりで、恋愛に関する話題と同様に無意識のうちに禁忌とされていたのが、容姿について言及することだった。地味な子が多かった順子の友人たちは、分厚いレンズのメガネをかけていたり、太っていたりまたは極端に痩せていたり、顔の造形に自信がなかったりする子が多かった。そのため、仲間内でそのような話を口にすることはなく、それゆえに順子はどう切り出せば自然に、紗奈の気分を害さずに体型の心配をできるかを知らなかった。いや、人の体型を勝手に心配するのに、相手が気分を害さないわけがないのかもしれない。

部屋に戻って立ち尽くしていると、紗奈がいつの間にかブーツを脱ぎ終えたようだった。

「久しぶり」

やっとそれだけ口にすると、紗奈が、会うのはね、と力なく笑った。順子はテーブルに着き、紗奈にも座るよう促した。

紗奈が麦茶を飲むのを眺めながら、やはり痩せたと順子は思う。麦茶を飲むときに見える首筋が、記憶の中のどれよりも細く、まるで筋肉に皮を直接貼り付けたような質感だった。紗奈は最近ちゃんとご飯を食べているのだろうか。頭の中で思い浮かべて、これだと思った。

「最近、ご飯食べれてる?」

聞くと、紗奈は曖昧に笑ってみせた。つまり答えは「いいえ」であり、順子の心配は増すばかりだった。

何か話したいことがあってうちに来たはずだと思いながら、順子も麦茶に口をつける。いつもと変わらない、うちの麦茶だった。

「大学でね」

紗奈が、雨の音にも負けてしまうほどの小さい声でそう言ったので、順子は椅子を引いて紗奈に近づき、うん、と言った。

「みんなが言うの。男好きだった紗奈が悪いって」

「え」

雨の音が強くなる。順子がそんな、と言うと、紗奈は少し口端を上げる。

「男しかいない飲み会に行ったのが悪い。誘うようなワンピースを着てたのが悪い。男に媚びるような態度だったのが悪い。酔ったのが悪い。ゲームに参加したのが悪い。どうせちょっとは、そういう目に遭うってわかってたんじゃないの。わかっててそこに行ったのなら、どっちもどっち。だからそもそも、男好きだった私が悪い」

紗奈の発言は途中から、人を責めるような言葉から、自分を責めるような言葉へと変わっていった。その境目は出来のいいグラデーションのようにぼやけていて、どこまでが人に言われた言葉で、どこからが自分に向けた言葉なのかがわからない。けれど順子は、違うと言わなくてはならないと強く思った。

「そんなの、間違ってる」

雨の降る音が、順子の弱々しい反論を馬鹿にしているように聞こえた。順子はどこか雨に対してムキになり、語気を強めた。

「被害に遭ったのがどんな人でも、男好きでもそうじゃなくても、そんなの、何も関係ないよ」

そう言って紗奈の肩を摑むと、骨の感触が右手に伝わってくる。予想はしていたが、やはり紗奈がやつれた原因は明らかだった。大学での、女友達からの、酷い言葉。犯罪被害者が、周囲の無理解な言葉などによって傷つけられることを二次被害というのだと、順子は最近知った。紗奈に向けられた言葉の数々は彼女の中で大きく膨らみ、自分自身を切り刻む刃となっている。

「授業ではそう習う。私だって知ってる。私のことを悪く言ってきた子たちだって、頭の中ではわかってる。でも、無理なんだよ」

紗奈の友達も、一人一人は軽く考えての発言なのだろう。順子も、最初は自業自得ではないかと思ってしまった。彼女たちと順子の違いは、それを口に出したかどうかだけだ。順子が女子大の人に向けていたような嫉妬心を、紗奈の友人が紗奈に向けていて、それが彼女たちの残酷な発言を引き起こさせたのならば、それはとても自然に思えた。

順子の反論に、紗奈は黙っている。いつまでも肩を摑んでいるのもおかしいと思い、順子は手を離した。細くて薄い、紗奈の肩。それが細かに震えていると、順子は気づいていた。

「……こわい」

紗奈はそれだけ言った。習いたてのひらがなを小学生が一文字ずつゆっくり書いたみたいな、弱々しくて頼りない文字が、宙に浮かぶようだった。そしてそれは紗奈からのSOSに他ならなくて、順子は紗奈の手を握って言った。

「サークルを訴えよう」

単なる思いつきではなかった。事件があってから、ずっと考えていたことだ。

「警察にちゃんと言って、サークルを、だめなら多田さんを訴えようよ。こんなの、許されていいことじゃない」

今紗奈が傷ついている原因が彼女の周りの女友達であったとしても、それは二次被害でしかなく、元々は多田さんとその仲間、そして宮田くんの言葉を信じるならあのサークルが全て悪い。だから訴えて、裁判をするとかそういう展開にはならないとしても、謝罪の言葉を引き出し、贖罪《しょくざい》させるのだ。

「無理だよ」

しかし紗奈は薄く笑って、わざとなのか、天気の話でもするような軽い口調で言った。

「もう警察には何を言っても相手にしてくれないよ？　あのワンピース、事件の日に私が着てたピンクのやつ、もう捨てたでしょ？」

聞かれて、順子は恐る恐る頷く。

「責めてるわけじゃない。だって私が頼んだんだから。私もね、あれから色々と調べたよ。性被害って、被害者が一方的に言い出せば簡単に冤罪でもでっち上げられるみたいに思ってる人も多いけど、証拠がないと警察には相手にされないんだよ。被害から一ヶ月も経ってから、その日着てた服もないまま、録音も動画もなくて、私、警察に何て言えばいいの。今回はストーカーとか知らない人に襲われたとかじゃなくて、完全な顔見知り。二人の問題です、みたいに片付けられるだけだって。それに私たちの目的は？　それこそストーカーだったら警備を強化してほしいとか警察に対する要望はあるけど、謝ってもらってどうするの？　この状況、何か変わる？」

「だったら、SNSを使って公表するとか……」

順子は二十歳未満の飲酒をSNSで自慢した大学生が大学から処分を受けたというようなニュースを見たことがあった。それを逆手に取って、こういう事件があったと実名で公表すれば、大学から多田たちが処分を受けることになるかもしれないと思った。

「公表？」

紗奈は顔を歪めて笑った。何も面白くはないのに、しばらく声が漏れるのを堪えるようにして笑っていた。

「実名で、今回のことを書き込むの？　それって広まる？　広まったとして、被害者の名前も出せってならない？　で、私の名前を出すの？　それが何を意味するか、順子わかってる？」

言い募られて、順子は何を言おうか迷った。確かに紗奈の名前を出すとなれば、勝手に紗奈の写真をあげる人も出てくるかもしれない。そうすると、紗奈への中傷はその攻撃元が全世界に広がる。被害者へのいわれのないバッシングがネットで始まったら――。

「順子はわかってないよ」

「……ごめん」

そう言うしかなかった。紗奈がなぜ傷ついたのかを考えれば、こんな浅はかな提案はできるはずないのに。

「帰る」

紗奈はそう言って、小さなショルダーバッグを手にした。順子は止めようか迷ったが、紗奈が帰りたいのであれば帰らせてあげるのが一番いいという結論に達し、何も言わずに玄関まで見送りに行った。

履きにくそうなレースアップブーツを、紗奈が履き始める。その背中が酷く小さく丸く見えて、順子は慌てて目を逸らした。

「あ」

靴紐を摑んだまま、紗奈がこちらを振り返る。

「どうしたの」

「生理、来てない」

そう言って、紗奈は靴紐を結ぶ手を止めた。

「いつから」

言いながら、順子は妊娠の可能性を完全に忘れていたことに気づく。そういうことがあったなら、あり得ることなのに。紗奈はショルダーバッグからスマホを取り出し、画面を素早くタップする。

「予定日から、三週間」

「え」

それってやばいんじゃ、と言いそうになり、紗奈が一番不安なのだからと口を閉じる。

「妊娠……」

紗奈がうわごとのように呟き、その瞳はふるふると震えている。

「一回、部屋戻ろう」

なんとかそう言って、順子は紗奈と部屋に戻った。順子はスマホを取り出して、妊娠について調べ始める。

これまで妊娠の可能性などない人生だったので知らなかったが、妊娠した可能性がある場合、まずは自分で検査薬を試し、それから産婦人科などに行くのが一般的らしい。もっとも紗奈の場合は性被害に遭っているという状況で、そのような緊急で妊娠を事後に防がなくてはならない場合はアフターピルという避妊薬を処方してもらう必要があったらしいのだが、そのタイムリミットは性行為後七十二時間で、つまり丸三日だった。しかしもうとっくにそんな時期は過ぎていた。

「どうしよう」

怯える紗奈に、順子はできるだけ冷静に話した。

「とりあえず今できることを考えよう。検査薬は薬局で売ってるみたいだから、私が買ってくるよ。多田さんとか同期の男子とか、紗奈が買ってるの見られない方がいいし」

「うん」

「とりあえず買ってくる」

順子は財布を手に取り、ビニール傘を持ってそのまま出かけた。近所の薬局で店内を見回しながら妊娠検査薬を探した。なかなか場所がわからなかったが店員さんに聞くのも憚《はばか》られて、売り場の端から端、上から下までじっくりと探した。そうして見つけた検査薬を買って部屋に戻り、検査には尿が必要だということで紗奈はトイレに入った。トイレの前で聞き耳を立てるのはよくないと思い、順子は部屋のベッドに座って待っていた。いつも静かなこの部屋だが、待つ間はまるで時が止まったみたいな静けさで、順子は思わず叫びそうになっていた。数分して、紗奈がトイレから出てきたので順子が思わず立ち上がると、紗奈は安心したように笑った。

「陰性」

あーよかった、という紗奈に、順子は思わず言った。

「念のため、病院には行った方が」

「話せってこと?」

「え?」

「この間のこと、初めて会うような医者になんて話せって言うの」

紗奈はそう言って泣きそうな顔になり、帰る、と言って検査薬をゴミ箱に捨てた。どうしてちゃんと伝わらないんだろう。そう思いながら、それはきっと順子は当事者ではないからなのだろうとぼんやり思う。

靴紐を結ぶ紗奈の背中を眺めながら、先ほどもこの小さな背中を見たと思った。二人とも何も言葉を発さずに、紗奈が靴紐を結ぶキュッ、という音と、外から聞こえるポツポツと弱まった様子の雨音だけが、玄関に響いていた。

「辛いことあったら、また話して」

順子は心からそう言った。しかし紗奈は何も返事をせず、またねの言葉もなしに鍵を開けてドアノブを捻ると、ひらりと軽く外に出て、ガチャンと大きい音を立ててドアを閉めた。

「紗奈」

そう声をかけた時には、順子の目の前には、いつもと同じ色のドアが、閉まったシャッターのように視界を遮断していた。

その日の夜に紗奈から「生理きた」とだけメッセージが来ていた。よかった、と送っていいものなのかわからず、しかし病院に行きなよとまた言うわけにもいかず、順子は、そっか、とだけ返事を送った。

紗奈がうちに来た翌週の月曜日、英語の授業を終え、順子はいつも通り学食にやってきた。その日は雨が強く降っていて、学食に入った途端、中の熱気でメガネが曇る。このままいつものみんなに会うわけにはいかず、順子はリュックからメガネケースを取り出し、中に入れてある灰色のクロスでメガネを拭いた。水滴と化した湯気が染み込み、クロスの一部は濃い灰色になる。思わずため息をつきながら、順子はクロスをメガネケースにしまってそれをリュックに戻した。

いつもの席にはまだ、村井くんしか来ていなかった。傘から滴る雫を気にしながら、順子は彼の元へ向かう。

「お疲れ」

「お、牧瀬さん。お疲れ」

声をかけると、村井くんが笑顔で顔を上げる。前いい？　と順子は念のため聞いて、彼の正面の席に座った。他に誰もいないのに隣に座るのは馴れ馴れしい気がしたし、かといって彼と何席か開けて座るのもおかしいように思えた。

席に着くと順子はまずパソコンを取り出してスリープを解除し、今日のプログラミングの課題をやらないと、と開きっぱなしにしてあるファイルを見た。

「プログラミング？」

村井くんが軽く聞いてくる。うん、と返して、順子はふと、村井くんとは紗奈の話をしていないと思い当たった。

「そういえばさ」

どう切り出せばいいかわからず、妙な言い方になってしまう。

「うん」

しかし村井くんは特に気にする様子もなく、英語の、おそらく課題で出たニュース記事を眺めている。

「最近見ないよね」

「何を？」

「紗奈」

そう言うと、村井くんが顔を上げた。そして彼は目を軽く細め、すうっと音を立てて息を吸った。怒らせるようなことを言ってしまっただろうか。そう思ったが、紗奈が最近ここに来なくなったのはただの事実で、それ自体は何の意味も持たないはずだった。

「誰？」

順子は、その言葉が耳に入ってくるのと、脳に入ってくるのとの間に、かなりの時間ががかかった感じがした。誰、と村井くんが言った。

「え、紗奈だよ。紗奈。T女子大でライムスマッシュの……」

順子が説明をするのを遮り、村井くんは明確に困惑の表情を浮かべてみせた。

「そんなやついたっけ？」

まるでこれがSF映画で、紗奈の記憶がみんなから抜けているのだと言わんばかりの演技で、けれど彼は大根役者だった。目はかすかに泳いでいるし、次の言葉を言おうか言わないか迷うように、口はパクパクと動いている。

「いたっけって、そんな冗談……」

順子がそう言ったところで後ろから声がした。

「お疲れー」

振り返るとそこにいたのは宮田くんで、順子は今の出来事を彼に話そうと思った。別に深刻な話としてではなく、単なる笑い話として。あのね、村井くんが紗奈のこと忘れちゃったとか言うんだよ、そんなわけなくない、おかしいよね。頭の中で台詞《せりふ》を組み立てて、宮田くんに声をかける。

「あのね」

「宮田」

村井くんの声が、順子の声を覆い隠すようにタイミングを合わせてきた。順子は顔の向きを前に戻し、なんで、と小さい声で言った。

「しょんべん行かね？」

村井くんは宮田くんの目を見て言った。そんな、来たばかりの宮田くんと連れ立ってトイレに行く意味が、順子にはわからなかった。

「……いいけど」

宮田くんは少し怪訝そうな顔つきで順子の右隣に荷物を置いて、二人は席を離れた。そうこうしているうちにいつものメンバーが集まってきたので、順子は置いてある荷物が宮田くんと村井くんのものだと彼らに説明し、自分の課題に戻った。

今日のプログラミングは簡単で、というかテキストにほとんど答えが載っているので、まるで写経をする感覚だった。経典の写経をする人はきっと、心の中に現れるさまざまな考えを振り払ってするのだろうが、キーボードを打ちながら、順子はさっきの出来事についてずっと考えていた。

村井くんは、紗奈の事件のことを知っている。宮田くんの口ぶりから、それは明らかだった。

でも。

そこで順子はキータイプをやめた。周りの面々は、いつもと変わらない様子で各々の課題を進めている。

宮田くんの言葉を思い出す。

——だから、本当に味方でありたいと思ってて。

彼は紗奈の、つまりは私たちの側につくと、はっきりそう言っていた。今のサークルのやり方に納得がいっていないとも。だけどもし、村井くんの考えがそうでなかったなら。

——サークルではやっぱり、紗奈を目の敵にするやつとかもいて。

もしも村井くんが、その一人だったら。そう考えると、思わず血の気が引いた。

村井くんは紗奈と順子の仲の良さがどれくらいなのかを知らない。だから紗奈の事件の日、紗奈が順子の家に来て、それを話したのも知らない。同じことは宮田くんにも言えたが、彼は「紗奈のこと、知ってるんだ」とだけ話して、順子が事件のことを知っているのか試そうとしたのではないだろうか。そしてその反応で順子が知っていると確信し、自分は味方だという発言をしたのだ。

対して村井くんは、あの事件以来紗奈が来なくなっても、順子に対して何も言わなかった。

そして今、村井くんの呼びかけによって、彼らは二人でトイレに向かった。何か順子に聞かれたくないこと、つまり紗奈のことを話していると考えるのが自然だ。紗奈と同じサークル、ライムスマッシュに所属する二人が、何を話しているのか。順子はそこがわからなかったが、考えが難航するにつれ、結局目の前の課題を進めるのを優先していた。

課題は二つあり、一つ目が終わったところで順子は席を立って無料のお茶を取りに行く。お茶が注がれている間にふと後ろを振り返ると、順子と入れ違いで村井くんと宮田くんが学食の席に戻ってくるのが見えた。

お茶が注がれた湯呑みを持ち、席に戻る途中、順子は思考を巡らす。村井くんと同じように宮田くんを呼び出すべきだろうか。二人で何を話していたのか、彼に問いただすべきだろうか。

　ぼんやり歩いているうちに席に着き、場所は村井くんの正面、右に宮田くんがいる形になる。二人とも、無言で課題を始めていた。やはり宮田くんをここから連れ出すのはやめた方がいいのかもしれないと、順子は思った。目の前に村井くんがいるのだから、ここで宮田くんを連れ出せば、順子が何の話をしようとしているかは明らかで、それは村井くんから見れば陰口にも映る可能性が高い。

　やめておこう。そう思ってパソコンを開き、プログラムのファイルを開く。隣では宮田くんも同じ授業の課題をしているのがちらりと見えた。わからないところがあったら後で聞こう。

　そう思いながら課題を進め、最終的には英語の課題まで終わらせられたが、順子はその日、村井くんと宮田くんから声をかけられなかった。つまり、先ほどの会話が、彼らとの本日最後の会話となった。

　十八時になった時計を見ながら荷物をまとめ、順子はこの胸のざわつきが真実にならないことを願った。二人が連れ立ってトイレに行って以来、順子を避けているのだとは思いたくなかった。そもそも順子は彼らとのコミュニケーションにおいて受け身に徹していたわけで、特に話題がなかったから、二人は声をかけてこなかったのだ。その証拠に、左隣に座る男子は順子に英語の課題についてアドバイスを求めてきた。男子みんなに無視されているわけではない。

だから順子は賭けに出た。紺色の傘を、学食の椅子にかけたまま外に出てみようと思った。白い背もたれの椅子に、紺色の柄《え》の傘がかかっていれば目立つはずなので、隣の宮田くんか、正面の村井くんが、軽く声をかけてくれると思った。

傘を椅子の背もたれにかけたまま、順子はお疲れ、とみんなに声をかけて学食の席を離れた。何人かからまばらに、お疲れ、と返ってきたが、その中に宮田くんと村井くんの声は含まれていなかった。

大丈夫。全部たまたまだ。順子が考えすぎているだけだ。もしかしたら村井くんは本当にトイレに行きたかっただけかもしれない。何か物事を実行に移す前にあれこれ考えすぎてしまうのは、自覚している順子の短所だった。

学食の出口まで来たが、誰も追いかけてくる気配はない。順子は自分がいた席を振り返り、そこに自分の傘があるのを確認した。村井くんはこちらに背を向けていて、宮田くんの顔がよく見えた。

すると、宮田くんが順子の席に視線を移し、おそらくその目は傘を捉えていた。これで宮田くんが傘を持って追いかけてきてくれれば、順子の勝ち。そうでなければ――。棟の外の雨は先ほどよりも雨足を強め、ざあざあと地面を叩きつけるように降っていた。順子は心の中で十秒数える。出口に来れば傘がないことには誰でも気づくのだから、ここで五分待ったりするのは不自然なように思えた。

五。

順子は振り返るのをやめて、雨が降るのを見ていた。

四。

大丈夫。宮田くんがきっと、順子の肩をぽん、と叩きに来る。

三。

だってさっき、宮田くんが傘を見るのを、順子は確実に目撃した。

二。

あと少しで、宮田くんは順子に追いつく。

一。

全ては、順子の勘違いなのだ。

〇――。

順子は振り返り、学食の元いた席に急いで戻った。そして自分の傘をさっと取ると、

「傘、忘れてたみたい。みんなも気をつけてね。じゃ」

と早口で言い、みんながお疲れ、と言うのを薄い笑顔で受け止めた。順子の言葉に顔を上げなかったのは、村井くんと宮田くんだけだった。

学食を出たところで、宮田くんから「ごめん」とメッセージが来ていた。傘のことだろ

うか。特に返信はせず、順子は画面を閉じた。

外に出て、傘を差し、雨の降りしきる中、順子は駅までの道をただ、歩いた。何かが起きているという予感と、それが当たらないことを信じる小さな願いが、竜巻のように胸の中で渦巻いていた。


家に帰り、食事を済ませ、残っていた課題を進め、そろそろシャワーを浴びようかと思っていたところで、スマホが震え出した。遅れて、電話の着信音が鳴り始める。

デスクの上に伏せた状態で置いてあったスマホを持ち上げると、画面には「紗奈」と表示された。すぐに通話ボタンをタップし、スマホを耳に当てる。

「もしもし？」

『順子？』

紗奈の声は電話口でもわかるほどに憔悴《しょうすい》していた。

「どうしたの」

急《せ》かすような口調になってしまい、順子は何かあったの、とゆっくりとした口調で付け加える。

『消されたの』

「え？」

『サークルのグループチャットから消されたの』

紗奈の口調は深刻だった。しかしサークルに入っていない順子は、紗奈の深刻さがいまいちピンと来なかった。

「消されると困るの？」

『困るも何も、追放されたようなもんだよ』

紗奈の説明では、テニスサークルであるライムスマッシュの練習や飲み会の日程、合宿の日程合わせなど、すべての連絡はそのグループチャットを通じて行われていたらしい。一年生は会費を払うとそのグループに招待され、そこに入ることが、サークルへの正式加入を意味するそうだ。そして卒業生は、追いコンという、平たく言えば四年生を送る会みたいな飲み会が終わるとそのグループチャットを抜け、それからＯＢＯＧのグループに参加するという。

「……つまり、二年生がグループから削除されるのは滅多にないってこと？」

『サークルを辞めた場合を除いてね。でもその場合も、グループから勝手に退会させられるなんてことはなくて、辞める本人が退出ボタンを押すのがほとんどなの』

「なるほど」

妙に冷静になって順子は相槌を打った。先ほど追放と言っていたのは、こういうサークルの仕組みだったからなのだ。

「それにしても、なんで急に」

『わかんない。あの件の後も、全体向けに飲み会の連絡とか、練習日程とか、普通に来てたのに』

「そうなの？」

順子は眉間に皺《しわ》を寄せた。あんなことがあったのに飲み会の連絡をするというのが、すでにあのサークルのおかしさを表しているような気がする。

「あんな事件の後で普通、紗奈に飲み会の連絡とかする？」

そう聞くと、紗奈はうーん、と唸ってから言った。

『私に向けての連絡ってより、サークルのみんなに向けての連絡だからね。私がグループに入ってるって意識してなかったのかも』

「そっか」

そうなると「なぜ急に紗奈がグループチャットに入っていることを意識しだしたのか」が気になってくる。

「なんでだろう」

『女子にも怖くて聞けないし、意味わかんないし』

順子と紗奈はお互い電話を通じて相手に独り言を届けている状態だった。

紗奈がグループに入っていると、サークルの人々が急に気づいた理由。順子が考えを巡らせていると、ある場面が頭をよぎった。

――そんなやついたっけ？

そのときの村井くんの、泳いだ目。それから宮田くんが来て、彼らは二人でトイレに行った。あのときはわからなかった、そこで話し合われたこと。

「……私のせい？」

順子はぼうっとしていたせいか、スマホを耳から遠ざけていた。

『なんか言った？』

紗奈の声がして、順子はハッと我に返った。

「……ううん、何でもない」

この話を伝えても、何も事態は進展しない。今考えるべきは、なぜこんなことになっているかだった。

「隠蔽工作かな」

『隠蔽？』

「紗奈の存在をなかったことにして、事件もなかったことにしようとしてるんじゃないかって。女子だけのグループとかってないの？」

『ある。あんまり稼働してないけど』

「それにはまだ紗奈は入ってる？」

『ちょっと待ってね。……あれ？』

「どうしたの」

『女子のグループもなくなってる。多分、消されたんだ』

「やっぱり、紗奈の存在をなかったことにしようとしてるんじゃないかな」

『ってことはさ、私がみんなからブロックされてるって可能性もない？』

紗奈が言うのを聞いて、順子はまさか、と思った。ブロック機能を使うと、こちらから連絡したメッセージが相手に届かなくなる。つまり、連絡先として無効になるのだ。

「ある、気がする」

サークルが紗奈の存在を消すために、ここまで適した機能はなかった。

『確かめてみる』

「どうやって？」

『確か、プレゼント機能を使って相手にプレゼントが贈れるなら、ブロックされてないって』

紗奈が元彼とよりを戻そうとしたのに連絡がつかなかった時にやり方を調べたらしい。順子は嫌な予感を飲み込んで、考えが現実にならないことを願った。

『宮田くんにブロックされてた』

紗奈の口調は機械音声みたいで、そこには感情がなかった。なぜ宮田くんを最初に調べたのか、聞ける空気ではない。

「他の人は？」

『今やってる。……だめ。同期みんなに、ブロックされてる』

順子の動悸が速くなる。だって、村井くんに紗奈の話をしてすぐに、こんなことになったのだ。いくらなんでもタイミングが合いすぎている。

W大の人である順子にバレたから、村井くんが宮田くんと相談してサークルに掛け合って、今回の紗奈の「追放」が決まった。そう考えるのが自然だった。だとしたら、今起きていることは、全部が全部とは言わなくても、おそらく順子のせいなのだ。順子が迂闊《うかつ》に紗奈の名前を出さなければ、今こんなことにはなっていないはずなのだ。

結局、紗奈にはいつも通り大学に行けば大丈夫だからと伝え、電話を切った。途端、外の雨が強くなった。順子にはそれが、いま紗奈を傷つけている、無数の矢のように思えた。シャワーを浴びてパジャマに着替え、ベッドに横になっても、雨音がうるさいからか、紗奈にさらなる矢が放たれる不安からか、順子はその日あまり眠れなかった。


火曜日は実験がある日だったので、順子は長ズボンを穿いた。カーテンを開けると窓の外は晴れていて、天気予報を見ても雨は降らないらしい。紗奈からは特にメッセージなどは来ておらず、つまり状況は何も変わっていないということだ。

今日は一限からあるのでシリアルを軽く食べる。一限は九時からなので八時十分に家を出れば十分に余裕があった。順子の家から大学までは最寄り駅まで十分、電車に乗るのが五分、そこから大学までが十五分だったので、八時二十分に出ても問題ないくらいだった。けれど順子が常に二十分の余裕を持たせているのは、今年一限を受け持っている先生は皆、出席に厳しいからだった。九時を一秒でも過ぎると出席カードは渡されず、あるいは遅刻者用に色を変えられたものが渡されるので、その授業は良くて遅刻扱い、悪くて欠席扱いとなってしまうのだ。

ゴミ出しをしてから時計を見るとまだ時間に余裕があったので、順子は部屋に掃除機をかけた。朝時間に余裕があったらすることは、掃除、洗濯、ゴミ捨てのいずれかと決めており、今日は洗濯物もないので掃除をした。

リュックを背負って家を出て、大学に行くまでの道すがら、順子はずっと昨日のことを考えていた。

――サークルのグループチャットから消されたの。

紗奈の電話越しの声が、妙に生々しく耳に残っている。二人でトイレに行くために席を立った村井くんと宮田くん。あれ以来、二人から順子に何か話しかけられることはなかったこと。帰り際に傘をわざと忘れていったとき、宮田くんが気づいたはずなのにそれを無視したこと。それらを繋げて出てくる結論は、何度考えても同じだった。

順子に、つまりサークル外のW大の人間に紗奈の事件がバレたと、宮田くん以外のサークル員が知ったことが、今回の突然の紗奈追放の引き金になったのだ。

最寄り駅で電車に乗り込み、順子はリュックを体の前に抱えて、それを抱きしめる。サークルのグループチャットから削除され、同期からもブロックされた紗奈は、今はサークルの同期と連絡が取れない。なぜなら紗奈の同期には、紗奈と同じT女子大の学生はいないから。

うまくできた仕組みだ、と順子は冷静に思った。気軽に相談できる自分の大学の同期にはライムスマッシュのことを知っている知り合いがおらず、かといって他大学の女子とも仲が良くない状況で、多田からの被害があったとしたら。

――相手の子、泣き寝入りってガチ?

「泣き寝入り」

思わず呟きながら電車を降りて、順子はリュックを背負い直す。

けれど実際、そうするしかない。つい一年前まで高校生だった女の子が、被害に遭って冷静に判断できるわけがない。その日着ていたものは見るだけで嫌な記憶を蘇らせるのだからすぐに捨てたいと思って当然だし、もしそこを我慢できたとしても、警察に相談するということは、結果的に自分が十代なのに飲酒をしたと白状することにもなる。

――でも、未成年飲酒だし。

あの日の紗奈も、そう言っていた。

そして仮にそこを乗り越えたとしても、さらにそのときの状況を詳しく聞かれることになり、そうなると彼らからかけられる言葉も予想がつく。

——男しかいない飲み会に行ったのが悪い。

——誘うようなワンピースを着てたのが悪い。

——男に媚びるような態度だったのが悪い。

——酔ったのが悪い。

——ゲームに参加したのが悪い。

——どうせちょっとは、そういう目に遭うってわかってたんじゃないの。

——わかっててそこに行ったのなら、どっちもどっち。

警察にいる人間がここまで配慮がないとは思いたくないが、紗奈の知り合いである順子ですら、最初は自業自得だと思ったのだ。他人である警察の人間からしたら、その印象はより強くなるだろう。

「うまくできた仕組みだ」

順子はそう呟いた。まるで彼女たちが泣き寝入りするように仕向けているような、そんな仕組みが、ライムスマッシュで確立されつつあるなら。

——一姫二女三婆四屍っていうんだけど、一年生は姫、二年生になったらただの女、三年生はお婆さんで、四年生は屍。

紗奈がいつか、そう言っていた。この仕組みの最もうまくできているところはそこなのだ。その年の一年生を貪り尽くしても、春はまた来る。ただ時が経つのを待っているだけで、新しい「姫」たちがやってくるのだ。

——俺たちが一年の初めの頃は、本当に普通のサークルだったんだ。新歓は可愛い子を連れてこいよみたいなノリはあったけど、それって多分どこもそうで。俺、あんなことになるなんて、思ってなくて。

宮田くんの言葉が蘇り、背筋が凍る。紗奈は本当に、あのサークルから消されるかもしれない。

そう思っていると大学に着いたので、講義棟の授業のある教室に向かった。順子は学科内に一緒に授業を受けるような女子の友達がいない。なので大抵は、放課後の学食でのメンバーと固まって受けることにしていた。教室に着くと、彼らはすでに向かって左側の後ろの方に席を取っていた。順子はそちらに歩いて行き、中の一人におはよう、と挨拶をした。

すると彼は、俯き、そっぽを向いた。

まるで順子がそこに存在しないかのように、彼は振る舞った。

たまたま聞こえなかっただけだろうと思って別の男子にも声をかける。

「おはよう」

しかし結果は同じだった。順子の存在が、ないことにされている。

結局一限は彼らから少し離れた場所に席を取った。二限もそうした。その流れで昼ご飯も一人で食べて、午後、三限と四限の実験でペアになった男子は、終始順子の発言を無視し、ほとんど彼一人で実験を進めた。五限の授業も一人で受け、それから順子は念のため、いつものように学食に向かった。

昨日と違って中に入ってもメガネは曇らなかった。いつもの席にはやはり、すでにいつものメンバーが揃っていた。

「お疲れ」

見慣れたTシャツを着た宮田くんの後ろ姿が見えたので、そう声をかけた。

しばらく待ったが、反応はない。

「お疲れ」

テーブルの別の知り合いにも声をかけてみたが、彼はノートに顔を向けたまま上目遣いで順子を確認すると、またノートに目を落とした。

これで明らかになった。

順子は無視されている。

中高時代、「上」の面々に悪口を言われることはあっても、友達から無視されるという経験は、順子にとって初めてだった。まるで自分が透明人間にでもなったような、不思議な感覚だった。

朝から、順子は彼らに無視されている。となると……。

順子は数学の証明問題を解くように、落ち着いて一つ一つ考えを進める。

彼ら、とはどこまでを指すのだろう。

そう思って、順子は立ったままパソコンを取り出して起動し、プログラミングの課題のファイルを開いた。そしていつものメンバーから遠ざかり、狭山くんの元に向かった。

「お疲れ」

順子がそう声をかけると、狭山くんは顔を上げた。

「ああ、牧瀬さん」

その瞬間、順子は全てを理解した。ライムスマッシュの二人、宮田くんと村井くんが、この突然の無視の原因であるのは状況から明らかだった。宮田くんの「ごめん」というメッセージの意味は、これだったのだ。

しかし彼らはどこまで、声をかけたのだろうと思っていた。うちの学科は学年で百人。うち男子は九十人、女子は十人。その全員に昨日の夜から今日の朝までに声をかけるのは、無理がある。授業は班分け含め全て学籍番号順で指定される場合が多いので、名字が牧瀬の順子は宮田くんや村井くんなど、マ行の人たちと仲がいい。いつも行動をするメンバーは大体決まっていて、他の班の人たちとあまり交流がないのだ。狭山くんを除いては。

順子はプログラミングの課題について適当な質問をでっち上げ、それからお礼を言って席を離れた。順子の予想が正しければ、明日から順子は狭山くんにも無視されるはずだった。

水曜日、順子の予想は当たった。昨日は普通に課題を教えてくれた狭山くんが、順子の呼びかけに応じなくなった。

無視の口実はわからない。おおかた、順子が男子のことを陰で悪く言っていた、みたいな幼稚な悪口でも吹き込んで、だからみんなで無視しようと連携したのだろう。メッセージなら誰か答えてくれるかと思ったが、紗奈同様ブロックされているらしく、既読にすらならなかった。

そんなふうに出来事を冷静に、ミステリー小説の推理をするように受け止めていた順子も、週末にはこの事態にすでに疲弊していた。課題をやっていてわからないところがあっても、誰にも相談できない。それは友人関係が拗《こじ》れた悩みを超えて、大学での学びに影響し始めていた。

授業が終わると家に直行し、たった一人で大量の課題をこなす。プログラミングでわからないところがあっても、狭山くんに質問できない。この出来事を確かめるためだったとはいえ、みんなの前で狭山くんに話しかけたのは失敗だったと、順子は後から気づいた。

メッセージでやり取りをするだけなら、村井くんに気づかれることなく課題の相談をできた。しかしあの日、順子はあえて村井くんたちが順子を目で追うように仕向けた。その場でパソコンを取り出すという目立つ動作をしてから、その足で狭山くんの席に向かった。それによって、村井くんたちが声をかけた範囲を絞り込めたのはよかったが、それで事態が好転したわけでもなかった。

さらに一週間が経っても、事態は何も変わらなかった。変わったのは順子がこれまで以上に課題に時間を取られるようになり、アルバイトをできる時間が減ったということくらいだった。友人もいなくなり収入も減り、順子はどうして自分がこんな目に遭わないといけないのだろうと思い始めていた。

土曜日、順子はお昼前に紗奈に電話をかけた。聞き慣れた呼び出し音が数回鳴り、それから紗奈の声がした。

『なに』

その声は少し棘があり、順子はバイト中だっただろうかと思う。

「今家?」

『うん、家』

今はカフェのバイト中ではないらしい。時間があるか確認してから、順子は早速本題に移った。

「大学で無視されてて」

『何それ、いじめ？』

大学生にもなって、と紗奈は言った。おそらく、女友達から無視されている、みたいな状況を想像しているはずだ。

「いや違くて、紗奈がうちの大学に来てた時、学食でよく勉強してたメンバーいるでしょ」

『村井くんと宮田くんがいるとこ？』

「そう」

『え、そこで無視られてんの？』

紗奈の声に動揺が浮かんだ。

「そう。そこで無視されてる。きっかけは多分、私が、村井くんに紗奈の話をしたから」

順子はこれまでの経緯を簡単に説明した。村井くんが紗奈のことを誰？　と言ったこと。その後村井くんが宮田くんと二人でトイレに行ったこと。その日は二人が順子に話しかけてくることはなく、その翌日から無視が始まったこと。

『……何それ』

「うん、私も正直、勉強のこととかで困ってて」

そう言うと、紗奈が息を呑むのが電話越しに聞こえた気がした。

『今から家に行ってもいい？』

「うん、いいよ」

今日は、というか土日は、採点のバイト以外はたいした用事がなかった。

『じゃあ直接行くから』

それだけ言って、紗奈は電話を切った。


順子のデスクを挟み、紗奈と二人で麦茶を飲む。この光景にどこか慣れている自分がいて、順子はそれがすごいことだと思った。高校時代を考えれば、こんなことはあり得ない。紗奈も順子も、何も話し出そうとしなかった。順子にしてみれば、なんと切り出せばいいかわからなかったし、紗奈にしてもそれは同じはずだった。

「私のせいって、言いたいんでしょ」

麦茶を置いて、紗奈は断定的に言った。

「私が男だらけの飲み会にほいほいついていって、それであんなことになって、サークルからも追い出されて、順子にまで被害が広がって」

「そういう意味じゃ……」

順子は慌ててそう言ったが、紗奈の目から涙が一粒溢れた。

「私と友達にならなきゃよかったと思ってるんでしょ」

「そうじゃなくて……」

「私なんかいなきゃいいって、そう思ってるんでしょ」

「何言ってるの」

紗奈はまだ大学で友達に何か言われているのか、まともに会話ができる状態ではなかった。順子が考えたいのはこの状況からの打開策だったが、紗奈が話したいのは誰が悪いかという犯人探しだった。

「誰が悪いかって、そんなの多田が悪いに決まってるじゃん」

思わず、呼び捨てにしていた。

「でもその飲み会に私は自分の意思で行ったんでしょ？　ピンクのワンピースなんか着て、髪を巻いてメイクもして」

そう言って、紗奈は自嘲的に笑った。

「本当にバカだよね。順子もずっと思ってたんでしょ？　バカな子だなって」

「そんなわけ……」

「前に言ってたじゃん。女子大の子は頭悪いって男子が言ってたの、順子は笑って聞いてたんでしょ」

「そんな……」

否定しようと思ったが、うまくできなかった。紗奈とまだよく知り合っていない頃、順子も女子大の子を見下すように笑っていた時期が確かにあったのだ。

「この間、公表しようとか言ったけどさ、あれを聞いた時の私の気持ち、順子にわかる？」

紗奈はもう目にたっぷりと涙を溜めていた。順子はティッシュの箱を差し出したが、紗奈の体は固定されたように動かず、ティッシュに手を伸ばそうともしない。

「誰も、わかって、くれない」

「紗奈」

順子は紗奈の肩をさすろうと手を伸ばした。すると、紗奈はその手を払いのけ、やめてよ、と小さい声で言った。

「自業自得だ、って、みんな、本当は、笑ってる」

嗚咽《おえつ》混じりの言葉が、順子の耳にも痛く響く。

本当は、紗奈の自業自得なんじゃないの？

順子の頭の中に、単純で残酷な考えがはっきりと浮かんだ。

紗奈と縁さえ切れれば、今まで通りの大学生活を取り戻せるんじゃないの？

うちの大学は春学期と秋学期の二学期制なので、七月には期末テストがある。これまで、テスト期間はずっと学食で勉強していた。宮田くんを筆頭に学科の先輩にコネがある人たちから過去問、つまり去年や一昨年その授業のテストで出た問題のデータをもらい、それを解いて答え合わせをする、というのがお決まりだった。

だけど今回は、みんなから無視されているわけだから、それができないかもしれない。

これまで一つも落としていない単位を、落とすかもしれない。

最悪の場合、留年するかもしれないのだ。

お父さんとお母さんの顔が思い浮かぶ。娘を一人送り出し、決してお金に余裕があるというわけではないはずなのに毎月欠かさず仕送りをしてくれている。

紗奈のせいで。

「順子も、そう、なんでしょ?」

声が聞こえる。紗奈の声だ。

「そんなわけない」

考える前に否定の言葉を口にし、順子は気づいた。

今、全てを彼女のせいにしようとしていた。

目の前に座っている紗奈も、半ば順子を睨むような目で、疑うようにこちらを見ている。

気づけばまた、対立している。

——自分たちがサークルで仲良くしている女子大の女子と、普段一緒に勉強しているW大の女子が仲良くなったら不都合な理由が、あいつらにはあるんだよ。

事件の翌日、紗奈はそう言っていた。

「分断は、大学生になってから……？」

「え？」

順子の呟きに、紗奈が顔を上げる。

頭の中に、勝手に、イメージが流れ込んでくる。思い出すのは、夏休み前のあの日。ロッカーに、忘れ物を取りに行ったあの日。

――だからー、女子のランク付けだって。

――可愛い子からブスまで。

――黒板に書こーぜ。

順子は、紗奈たち「上」の人間と、順子たち「下」の人間とに分かれている、つまり、紗奈はあちら側だと、勝手に思っていた。

頭の中のイメージが加速する。

――男子ってさあ、なんでこういうランキング好きなの？

それは間違いなく紗奈の声だった。今目の前にいる紗奈の、あのときの声。

あの日彼らが分けていたのが、「上」と「下」ではなく、「上の女」と「下の女」だとしたら。

「ごめん」

順子は思わず謝っていた。

「何が？」

紗奈は戸惑うように、順子の顔を窺《うかが》っている。

「私まだ、勘違いしてた。紗奈は高校の頃から可愛くて、男子にも人気があって、だから、紗奈は私みたいな地味な女を、やっぱりどこかで見下してると思ってた」

「どういうこと？」

「私、あの日聞いてたの」

「聞いてた？」

紗奈の黒目が、かすかに揺れる。

「高校二年の一学期の終わり、放課後、教室で、女子のランキングを付けてたのを」

そこまで言って、順子はあることに気づく。

紗奈はもう、そんなことは忘れているかもしれない。だって順子を学食で見た時も、気づかなかったくらいなのだ。紗奈にとって「下の女」を見下すのが日常だったら、そんなありふれた出来事は記憶にないだろう。

「ごめん、なんでもない……」

「覚えてるよ」

紗奈の目が、まっすぐ順子の方を向いている。

「夏休み前に、男子が黒板に書いてた。文化祭実行委員は、クラスで一番可愛い女子がやることになってた。私は、ランク付けを笑って見ていた。ううん、結局は文化祭実行委員になったんだし、それに加担してたんだと思う」

紗奈の涙が止まった。順子は息もできず、紗奈の言葉を待った。

「全部、覚えてる」

そこでようやく、紗奈はティッシュで顔を拭った。紗奈の涙は消えてなくなり、まるで出会った時のように光る紗奈が、目の前に現れたみたいだった。

「順子はあの日、いたんだね」

「うん」

「全部、聞いてたんだ」

「ごめん」

聞き耳を立てていたと責められているような気がして、順子は反射的に謝った。すると紗奈が首を振った。

「謝るのはこっちの方。ごめんなさい」

紗奈はそう言って、頭を下げた。順子はどうしたらいいかわからなくなって、顔を上げて、と繰り返した。

「すごく、傷つけたよね。今更謝って許してもらえるとは思ってない。本当に、ごめんなさい」

「違うの」

順子は何度も首を振った。

「紗奈に謝ってほしかったんじゃない。私はただ、これじゃずっと繰り返すだけだと思ったの。男子にけしかけられて、分断を煽られて、私たちの距離が、どんどん遠くなっちゃうと思ったの」

紗奈は黙っている。順子は紗奈の肩をぐっと摑んで、確かめるように言った。

「もう、繰り返しちゃいけない」

すると紗奈が、ようやく顔を上げた。

「私たちは、せめて私たちだけは、ずっとお互いの味方でいよう」

そう伝えると、紗奈の頰に一筋の涙が流れる。順子はそれをゆっくりと目で追い、すると紗奈が照れたようにティッシュで涙を拭う。

「ありがとう」

紗奈は一度そう言うと、堰《せき》を切ったようにまた涙を流し始めた。順子は少し驚いたが、それは先ほどまでの涙とは違った。紗奈と順子は、ようやく辿り着いたのだ。この結論に、そして、かけがえのない味方に。

「お昼、もう食べた？」

順子はふと、紗奈に聞く。

「まだ」

紗奈は涙を流しながら、そう言った。

「袋麺でよければ、作るけど」

「……ありがとう」

紗奈はそう言ってにっこりと笑い、順子はキッチンに向かった。

それから、二人でラーメンを食べた。なんてことのない醬油味。

「おいしいね」

けれど紗奈がそう言って笑ったので、順子も笑い返した。誰かと、心の底からわかり合えたと感じる瞬間は、順子にとってそれが初めてだった。紗奈にとってもそうであればいいと思いながら、順子はラーメンを啜った。


しかし、順子が紗奈の、紗奈が順子の味方になって解決、というほど、事態は単純ではなかった。

紗奈はサークルから完全にいなかったことになり、さらに大学でも孤立するようになっていた。電話で聞く限り、みんなから無視されて、悪口を言われているらしい。

『大学にいる人みんなが私の悪口を言ってる気がするの』

そんなことを言うので順子はすぐに否定するが、すると紗奈の悲しみは怒りに変わる。

『私が嘘ついてると思ってるの？　順子だけは私の味方だって言ってくれたのに。どうして信じてくれないの』

毎日のように電話しては、こんなやり取りを繰り返した。紗奈は完全に塞ぎ込んでいて、そう思うと電話が来るだけマシだった。順子はいつでも紗奈の味方であるように努めたが、それも簡単じゃなかった。すれ違う人に笑われている、先生も事件の話を知っていて、単位を落とそうとしている……。そんな、さすがにあり得ないような話を聞かされると、否定したくなってしまう。

それに、順子の大学生活も以前とは完全に変わっていた。男子たちは相変わらず順子を避けていて、かといってこれまで女子の友達を作ってこなかったため、大学に行って誰とも口を利かずに帰ってくることも珍しくなかった。女の子の友達を作っておくべきだったと、今更後悔したがもう遅かった。

朝起きて無言で朝食を食べて大学に行き、誰とも会話をせずに帰り、帰ってきてから紗奈の電話に対応する。そんな日々は順子の心をも少しずつ蝕《むしば》んでいき、そのたびに順子は、あの日、紗奈の味方でいると決めたのだと意識的に思い出すようにしていた。いっそ貼り紙でも作って壁に貼り付けた方が、忘れずにいられるのではないかと思ったくらいだった。

その頃の順子にとっては、バイトが唯一の息抜きだった。大学に行っても課題をやっていても現状の辛さが身にしみるし、紗奈と話していると気が滅入ってしまう。だから、目の前の解答が正しいかどうかだけを判断する採点バイトは、貴重な収入源でありながら、順子の心を癒してくれるものでもあった。

ある金曜日、物理の回路理論のレポートを仕上げるのにどうしても誰かに質問がしたくなり、だめもとで宮田くんにメッセージを送った。無視され始めた頃に確認した時はブロックされていたのだが、どうやらいつの間にか解除されていたらしいとわかったのだ。

【これ、先輩のレポート】

そんな文章の通知が来て、送信元を見ると間違いなく宮田くんだった。添付ファイルを見ると、多田のレポートだった。

順子は見るべきか迷ったが、背に腹は替えられず、結局すべて読んだ。わからなかった部分が書いてあり、スマホを見ながら自分の課題を進めた。これでなんとかレポートを仕上げられそうだという目処《めど》がついたところで、順子は宮田くんにメッセージを送った。

【ありがとう。本当に助かった】

そのメッセージはすぐに既読になり、それから宮田くんの返信が来た。

【困ったことがあったらなんでも相談してって言ったから。他のやつらに知られないように、牧瀬さんの表示名変えといたし】

順子はそういうことか、と納得した。メッセージアプリでは誰からメッセージが来たのか表示されるが、その表示名は受け取り側で変えておくことができる。つまり宮田くんが「牧瀬順子」という登録名になっているアカウントの表示名を「田中」などに変えれば、村井くんなどが宮田くんのスマホの通知を見たとしても、彼らにバレないのだ。

【正直、一人でレポートきつかったから助かった】

そう打ち込んで送り、向こうから「任せて」とスタンプが送られてきたところでやり取りが終了した。

順子は一人じゃなかった。学科にたった一人でも味方がいるということが、ここまで心強いものだとは思わなかった。紗奈にとって、自分もそういうたった一人でありたいと、順子はキーボードを叩きながら思った。

翌日、二十時頃紗奈から電話があり、順子はいつも以上に彼女の話に親身になって耳を傾けた。内容はいつもと同じで、けれど紗奈は明らかにだんだんと弱ってきていた。

『もう私なんかいない方がいいんじゃないかって』

『消えたい』

『順子以外のみんなが敵に見える』

独り言のようにそんなことを繰り返すので、順子は心配になり紗奈の家に向かった。紗奈のアパートには事件の後に送って行ったが、中に入ったことはなかった。紗奈と会うこと自体も、この間ラーメンを食べて以来で、二週間ぶりだった。順子はレポートとバイトに日々追われていて、紗奈とゆっくり会う時間を作れていなかった。

電車を乗り継いで位置情報の矢印がピンを目指す通りに歩いていくと、あの日見た小綺麗なアパートが見えてきた。紗奈の部屋は、確か二階だ。

【何号室?】

メッセージを送ると、「203」と数字だけが帰ってくる。階段を上がり、順子は203号室の前まで来た。

インターホンのボタンを押すと、ピーンポーン、と音が鳴り、それから紗奈の声がした。

『はい』

その声の覇気のなさにインターホン越しでも気づいたので、順子の声も思わず硬くなる。

「あ、順子です」

『鍵開いてるから』

そう聞こえ、それからプツッと通話が切れる音がした。ドアノブを回すと、確かにドアが開いた。鍵を開けっぱなしにするなんて不用心だと思いつつ、順子が来るから開けておいたのだと自分を納得させた。

「お邪魔しまーす」

声をかけながら、順子は紗奈の部屋に入る。順子の部屋と違い、入ってすぐに甘い匂いがした。香水だろうか。

紗奈からの返事はなかったが、順子はとりあえず鍵を閉めた。履いてきたスニーカーを脱ぎ、ゆっくりと部屋に上がる。短めの廊下の途中にトイレと浴室がある、順子の部屋と同じような作りのワンルームだった。

「紗奈？」

声をかけて部屋に入ると、紗奈はベッドにうつ伏せになっていた。紗奈を見つけて安心したところで部屋を見回し、順子は息を呑んだ。

紗奈の部屋は、床が見えないほど荒れていた。キッチンには片付けていない洗い物が積み重なり、ローテーブルは食べ物やお菓子のゴミで溢れている。小さなドレッサーにも化粧品が溢れかえり、洋服はクローゼットに入りきらないのか床に置いたままになっていた。

「手、洗ってくるね」

そう言って順子はとりあえず洗面所に向かう。こちらはそこまで荒れていなかったが、鏡はずっと拭かれていないようで曇っていた。嫌な予感がして浴室を軽く覗いてみると、床や浴槽に黒いカビが生えている。ゆっくりと浴室のドアを閉めて手を洗い、紗奈の元に向かった。

紗奈は起き上がってベッドの上に座っていた。

「……たでしょ」

紗奈が小さい声で言ったので、順子にはよく聞き取れなかった。

「え？」

「引いたでしょ。部屋汚くて」

紗奈は先ほどよりも大きめの声を出して言った。順子は紗奈の方を見て、言葉に詰まった。

いつも綺麗に染められていた髪の毛の、根本の部分が黒くなっていた。黒くなった、というよりは黒い髪の毛が生えてきたというのが正確だろうと思いながらも、順子の感覚にはその表現がしっくりきた。こういう状態の髪の毛をプリン髪と言うのはなんとなく知っていたが、ここまでしっかりプリンなのは初めて見たかもしれない。自分の髪の毛が伸ばしっぱなしなのと違い、紗奈の髪の毛は常に綺麗に手入れされているのが当たり前だと思っていた。

順子の家に紗奈が来るときはお互い座っていることが多いから、紗奈の頭頂部を見たことはあまりなかったのだ。今は紗奈がベッドに座り、それを順子が見下ろす形になっている。だから紗奈のこの異変に気づけた。

「家のこと、もともと苦手で。友達とか彼氏とかも呼んだことなくて。最近はもっとひどくなって。もうどうしたらいいかわかんなくて」

そう言って、紗奈は少し笑った。ウケるよね、と言われたが、どう反応していいかわからなかった。

紗奈はずっと、この部屋に一人でいたのだ。

その光景を思い浮かべるだけで胸が苦しくなり、順子は部屋を見回してからもう一度紗奈の方を見た。

「ゴミ、捨てようか」

そう声をかけると、紗奈の顔が少しだけ、ほんの少しだけ明るくなったような気がした。

「うん、捨てる」

「ゴミの日いつ？」

聞くとゴミの日は月曜と木曜らしい。明後日は月曜日なので、今まとめておけば紗奈ももう少し寛げるようになるだろう。

「ゴミ袋どこ」

「キッチンの、下にある引き出し」

紗奈の言う場所にあったゴミ袋を取り出して、順子はまずローテーブルに目をつけた。

「間違って大事なもの捨てたら大変だし、私が見せたものを捨てていいか判断して」

そう伝え、紗奈は疲れていそうだったのでベッドに座ったままにさせた。いつ使ったかわからない割り箸など、触るのに抵抗があるものもないとは言えなかったが、順子としてはこんな汚い部屋に紗奈がいるという状況の方が耐えられなかった。

テーブル周りを片付け、床の洋服やコスメのパッケージなどを整理していき、だんだんと部屋が見られるようになってきた。順子の部屋が常に整頓されているのは、順子が綺麗好きだからという理由の他に、順子の部屋に物が少ないからなのだなと、ゴミ袋の中に溢れる可愛いものたちを見ながら思った。

片付けは、二十三時を回ってようやく終わった。紗奈はもう眠そうにしており、順子がゴミ袋を二つ、縛って部屋に置いておいた。

「ありがとう」

紗奈が泣きそうな顔でそう言ったので、

「今度は洋服の整理と、水回りだね」

そんなことを言って、順子は最終電車で家に帰った。

終電に乗るのはこれが初めてで、酔っ払いばかりだと思っていたら意外と素面《しらふ》のサラリーマンみたいな人が多く、社会人になるのも大変だなと他人事《ひとごと》のように思った。


それからも、大学での順子の一人の日々は続いた。紗奈ももちろん一人だったのだと思うが、順子だって一人だった。平日は大学に行って帰ってを繰り返し、週末になると紗奈の家に行って掃除をした。土日にできなくなったのでアルバイトの収入は少し減ってしまったが、その分平日に少しずつ増やした。紗奈はいつの間にかカフェのバイトを辞めていた。生活費は大丈夫なのかと聞くと、アルバイト代は洋服やらコスメやら、好きなものを買うお小遣いで、学費と生活費は奨学金と親からの仕送りでなんとかなっているらしい。

そういうわけで六月があっという間に終わり、大学の方ではもう、テスト前の最終授業を迎えた。テスト範囲が発表されるのは大体この時期で、だから順子は風邪を引かないようにマスクをして大学に行った。もう夏が始まっていたから顔が蒸れてメガネが曇った。けれどそれを指摘してくれるような友達はいなかった。

紗奈の家はかなり片付き、今では床がしっかりと見える。

「本当に必要な洋服なんて、そんなにたくさんはなかったんだね」

そんなことを言いながら、紗奈は可愛い洋服を何着も捨てた。中にはほぼ新品のものもあったので、もったいないんじゃないかと言ったら、

「もう着ていく場所もないから」

と薄く笑った。順子は何も反論できずに、黙ってゴミ袋の口を縛った。

紗奈の家が片付いたことと、テスト期間になったことにより、七月の最初の週末、順子は紗奈の家に行かなかった。メッセージで宮田くんから過去問をもらえたとはいえ、みんなで作った解答まで寄越せと言うのは図々しいような気がした。一年生の頃よりも難しくなった授業のテストの解答を、自力で作らなくてはいけなかった。土曜日はバイトもやら

ず、一日中勉強した。こんなに勉強をしたのは受験生だった頃以来だ。

順子のスマホが鳴ったのは日曜日、昨日終わらなかった教科のレジュメをまとめ、微分方程式という授業の過去問に手をつけたところだった。

悪い予感がして画面を見ると、そこには予想通り紗奈の名前が表示された。というか、この頃の順子にはメッセージのやり取りをする友達は宮田くんか紗奈のどちらかで、宮田くんと電話をすることなどなかったから、相手は必然的に紗奈だった。

「もしもし」

すぐに電話に出ると、うう、と唸り声が聞こえた。

「紗奈？」

『らいじょうぶよお』

紗奈は呂律《ろれつ》が回っておらず、順子は最初酔っ払っているのかと思った。

『ごめんねえ。順子にはさあ、本当に迷惑ばっかりかけてえ』

電話の向こうの紗奈は泣いているようだった。順子は何が起きているのかわからないまま、何度か声をかける。

「ねえ紗奈、大丈夫？」

何度名前を呼んでも、紗奈の答えは要領を得ない。順子は電話を切り、咄嗟にパソコンと教科書をリュックに詰め込んで家を飛び出した。こんな時ですらテストのことを忘れられない自分が嫌だ。しかし今、順子はそうするしかなかった。

紗奈の家に着くと、予想通り鍵が開いていた。一応インターホンを鳴らすだけ鳴らして、順子は家の中に入る。

「紗奈?」

声をかけながら部屋に入ると、そこに紗奈はいなかった。外に出たのだろうか。鍵を開けたまま?

洗面所のドアを開くと、浴室から嗚咽が聞こえてきた。

「紗奈」

浴室のドアを開けると、紗奈が浴槽にうずくまって泣いていた。ドアを完全に開ききり、順子は浴室の洗濯物干しにロープが縛られているのを見つけた。

紗奈が、首を吊ろうとしていた。

愕然としながらも、順子はロープの様子を冷静に観察した。ロープは物干し竿の真ん中あたりに結びつけられており、順子は首をくくる輪っかの部分を探した。すると下まで垂れたロープの輪っかを、紗奈が握っていた。

「何やってるの」

反射的にロープを右手でこちらに引っ張った。紗奈の腕には力が入らないのか、簡単に奪えた。遅れて、紗奈がロープを奪われたと気づき、順子の方を見上げる。紗奈はポカンと目を丸くした。まるで子供が手品でも見せられたような、焦点の合わないぼんやりとした目つきだった。

とにかく部屋に戻ってもらおう。そう考えて順子は紗奈に声をかける。

「立てる？」

すると紗奈はにっこり笑って、どうしたの、と言った。

「そんな、こわいかおしないでよお。だいじょうぶ。つぎはちゃんとやるから」

そんなことを言いながら紗奈はよろよろと立ち上がり、順子の手からロープを奪おうとした。順子は咄嗟に右手でロープを自分の体の後ろに隠し、左手で紗奈の頬を打った。

ぱあん。

利き手ではないからか、そんな間の抜けた音がして、それから紗奈が頬を押さえた。

「いたあい」

「ごめん」

反射的に叩いてしまった自分に驚きつつも、順子は紗奈の手を引いて、とにかく部屋のベッドに座らせた。二人で綺麗にしてきた部屋の状態はそのままで、しかし順子はローテーブルの上にあるものに気づいた。そこには病院から処方されたらしい薬と、お酒の缶が四本、うち三本は空けられていた。

「飲んだの？」

テーブルの上を凝視したまま、順子は紗奈に聞いた。薬とお酒を一緒に飲んではいけないと、お酒を飲まない順子でも何かで聞いたことがあった。

「だって、こわかったからぁ」

紗奈はそう言って、へらへらと笑った。

「しねなかったんだね、あたし」

その言葉に、順子は何と返したらいいかわからなくなる。やはり紗奈は死のうとしたのだ。自分の手で。自分の部屋で。お酒と薬の力を借りて、たった一人で。

順子はキッチンに向かい、流しにあったガラスのコップをスポンジで洗って、中に水を入れた。そしてそれを紗奈に渡して、飲むように伝えた。紗奈は素直な子供のように頷くと、水をこくこくと喉に流し込み、気持ち悪いと言ってトイレに行って吐いた。それを何回か繰り返すと、紗奈はようやく意識が確かになっていった。

「ごめん」

目の焦点がようやく合った紗奈が最初に発した言葉がそれで、順子はいいよと小さい声で答える。それから紗奈はスカートのポケットに入れてあったらしいスマホを取り出すと何やら操作をして、そっか、と笑った。

「なんでここに順子がいるのかわからなかった。私、電話してたんだ」

紗奈は呟くように言って、そうなんだ、と自分に言い聞かせるように続けた。

「怖かったんだろうね。死ぬのが。ロープの結び方とかネットで調べてやってみたんだけど、いざ首を輪っかに入れようと思うとすごく怖かった。最近眠れなかったから、今日、睡眠外来ってとこに行って、そこで薬をもらったの。ほら、心療内科とか行くと事情聴取並みに細かく聞かれそうじゃん？　睡眠外来はよかったよ。眠れません、いつからですか、一ヶ月くらい、そうですか。そんな感じで薬くれて、まあネットで調べたら弱めの睡眠薬だったんだけどね。最初に渡す薬だからかな。でもそうやって、眠れない理由を聞かれなかったのはよかったな。帰りにコンビニで夜ご飯買おうと思って、気づいたらお酒コーナーにいて、酎ハイを四本買ってた。年確されたらどうしようとか思ったけど、二十歳以上ですか、みたいなボタンで『はい』って選択をするだけで買えちゃった。家に帰ってきて一つ缶を空けて、一人で飲むお酒なんて初めてかもとか思って。順子が綺麗に片付けてくれた部屋を見てたら、なんか私って迷惑かけてばっかりじゃんとか思って。それで死んだ方がみんな嬉しいじゃんって。ロープは通販で手に入れようかと思ったんだけど、ホームセンターで売ってるんだってネットで知って、わざわざ電車乗ってロープ買いに行って、何メートルいりますかって聞かれて、わかんなかったから一メートル六十センチって言った。これ、私の身長ね。背丈の分だけあればさすがに足りると思って。家に帰ってロープの結び方を調べて、ってあれ、これさっきも話したっけ。輪っかに首を通すのが怖くなるたびに部屋に戻ってお酒と薬飲んで、それ繰り返して気づけば順子に電話してたんだろうね。よく覚えてないけど。本当ごめん」

順子は相槌も打てずにその話を聞き、ベッドサイドの床に座ると紗奈の手を握った。紗奈は涙なんか流していなくて、だからこそとても辛いのだと思い、順子はよかった、と何度も伝えた。生きててくれてありがとう、死なないでよかった、順子の言葉の反復横跳びを、紗奈はぼんやりと眺めていて、まるで自分に向けられた言葉じゃないみたいに無視していた。

「私、ここにずっといる」

順子が言うと、紗奈がえー、と笑った。

「順子、ここに来るの？　週末だけじゃなくて、ずっと？」

「うん、ずっとだよ。だからもう」

こんなことしないで、と言いかけて、順子はやめた。紗奈の決断を否定したくなかった。

順子は一旦自分の家に戻り、最低限の洋服をゴミ袋に、教科書類はリュックと紙袋に詰めて紗奈の家に行った。ワンルームは二人で暮らすには手狭だったが、紗奈が死なければなんでもよかった。紗奈の家はW大にも近かったので、通学の問題もない。順子のバイトが在宅だったのも幸いし、暮らしていく上で困ることはそこまでなかった。

平日はそれぞれ大学に行った後にテスト勉強を一緒にし、休日は勉強の合間に家事を片付けた。紗奈はだんだん落ち着いてきて、今度美容室に行こうかな、とお風呂上がりに言ったのを聞いた。おそらく髪がプリンのようになっているとようやく気づいたのだろうが、順子はそれを指摘しなかった。

二人だと、ご飯を作ろうという気持ちが湧いたのが意外だった。紗奈が元気になるように、順子はネットで調べたレシピを元に色々な食事を作った。中でも紗奈は冷やし中華が好きだと言う。それは市販のものの袋に書いてある通りに作っただけだからたいした料理ではないのだが、紗奈は順子が作るからおいしいのだと笑ってくれた。

それから順子は自分の家には二週に一度ほど様子を見に帰って、基本的には紗奈の家にいるようにした。

テスト期間が終わり、紗奈と順子はささやかな打ち上げをした。といってもお店に行って飲むとかではなく、ただいつものようにご飯を食べ、炭酸水を飲んだ。アルコールは紗奈にとって嫌な思い出ばかりと結びついているようで、一緒にスーパーに買い出しに行ったが、紗奈は手に取らなかった。

打ち上げらしく唐揚げでも作ってみようと思ったが、コンロ周りが汚れると後片付けが大変だと思い、スーパーの惣菜売り場で揚げ物を買った。唐揚げにコロッケ、天ぷらにメンチカツ。さまざまな揚げ物の中から、紗奈は唐揚げ、順子はメンチカツを選んだ。

家に帰り、買ってきた野菜で簡単なサラダを作り、惣菜を盛り付けた。それらをローテーブルに並べてから、ガラスのコップに氷を入れて、それから炭酸水を注ぐ。泡のはじける音を聞きながら、順子は紗奈の綺麗な髪の毛を眺めた。あれから紗奈はまた美容室に行き、プリンのカラメル部分は見事に染め直された。ミルクティーベージュだった色は、ミルクティーピンクに変わったらしい。以前のバイト先がピンク系の髪色がだめだったからやってみたかったのだとか言っていたが、順子には違いがよくわからなかった。

コップを持った紗奈が、乾杯の音頭を取る。

「テスト終わりを祝して、乾杯！」

二人でコップを当て、カチンという音がして、ふふ、と笑い合う。

「単位取れてるかな」

順子は思わず心配事を漏らした。今回は初めて、ほぼ一人で挑んだテストだった。必修の科目を落としたら進級だって危うくなる。それは避けたかった。とはいえ、基本的には宮田くんとのメッセージのやり取りで過去問は手に入れていたので、テスト自体がそこまで難しいと感じたわけではなかった。

「テスト受けてりゃ大丈夫っしょ」

紗奈は意外と楽観的で、それは大学の違いによるものなのか、二人の性格の違いによるものなのかはよくわからなかった。そうだね、と返し、順子が唐揚げに箸を伸ばしたときだった。

ピピピピ……。

聞き慣れない電子音が鳴り、紗奈が電話だ、と不思議そうな声を出す。裏返していたスマホを表にし、紗奈はへ？　とすっとんきょうな声を上げた。

「どうしたの？」

「同期から、電話」

「大学の？」

順子がそう聞くと、紗奈は首をぶんぶん振った。

「ううん、ライムスマッシュ」

「え？」

久しぶりに聞く名前だった。紗奈を同期全員でブロックし、グループからも削除して追放した、あのサークルが？

「どうしよう」

紗奈の目に動揺が浮かんだ。瞳がふるふると震えている。

「紗奈が平気なら、出てみてもいいと思う」

「そっか。……だよね」

紗奈はそう言って、通話ボタンをタップした。それからスマホをローテーブルに表にして置き、スピーカーボタンをタップした。順子にも会話が聞こえるようにだろう。

『紗奈？』

相手の女の子は、こちらを窺うように言った。

「うん、どうしたの」

紗奈は平静を装ってそう答え、相手の出方を待った。

『謝りたくて』

「何を？」

紗奈がそう聞くと、相手はしばし言葉に詰まった。

『……全部』

そう言ってから、電話の向こうで息を吸う音が聞こえた。

『私、ていうか私たち、紗奈が酷い目に遭ったって知ってた。ううん、知らされた。多田さんが中心になって、うちらのサークルをそういうサークルにしようとしてる噂みたいなのも、なんとなく聞いてた』

「うん」

『紗奈をサークルのグループチャットから削除するとき、私たちはそれがサークルの存続のためだって聞かされた。紗奈に脅されてるって』

「……そうなんだ」

会話を聞きながら、順子と紗奈は目を合わせた。

『でも、そんなわけないよね。もし本当に脅されてるんだとしたら、グループから削除とか、みんなでブロックとか、一番やっちゃいけないじゃん。逆上？　とかするかもしれないし』

「そうだね」

そう言って、紗奈は笑った。

「私が脅すわけないのにね」

『うん。四月に新一年生が入ってきて、まあ正確には新歓には来てもサークルには入会しない子の方が多かったんだけど、その子たちにも多田さんが酷い目に遭わせて。で、多分多田さんは紗奈のことが元々気になってて、それで……』

そこまで言うと、彼女は言葉を詰まらせた。その先のことは考えたくもなかったのかもしれない。

「うちらのサークルをそういうサークルにしようとしてたってどういうこと？」

『そっか、紗奈は知らなかったんだね』

「え？」

『新歓の時期、可愛い子にとにかく声をかけて、多田さんのところに連れていくように言われてたの。まあ、私とかはほら、そこまで可愛くないから、そうしないとサークルでの居場所がないっていうか。役割っていうか』

「え、四月から始まってたの？　初耳なんだけど」

『紗奈はさ、どっちかというと献上される側じゃん』

「は？」

紗奈はそう言って、順子の目を見た。

「献上って何」

その口調は険しく、相手も口を滑らせたと思ったのか、少しの間沈黙があった。それから、相手が諦めたように言った。

『偉い男の人に、綺麗な女の人を連れていくこと。紗奈が酷い目に遭った飲み会も、多田さんに紗奈を献上する目的だったんだよ。だって、おかしいと思わなかった？　普通サークルの飲み会は居酒屋でやるのに家集合で、もう一人いた女の子はいきなり来なくなって、女子は紗奈だけで。あの子も、紗奈を献上するつもりだった』

「もうやめて」

私たちは目を合わせて眉を顰《ひそ》めた。紗奈以外にもそういう目に遭っている子がいるとは宮田くんから聞いていたが、まさか「献上」なんて言葉を使った、ある種のシステムができているとは思っていなかった。「W大の女」と「女子大の女」を分けるだけでは、彼らはまだ分け足りないのだ。そうして「女子大の女」の中に「献上する女」と「献上される女」を作り出したのだ。そして紗奈までも、その分類に巻き込まれていた。

またしても通話が繋がったまま沈黙があり、順子には電話相手の申し訳なさそうな顔が浮かぶようだった。

「でもさ」

紗奈がスマホに話しかける。

「四月からそういうことをしてたみたいだけど、私は何も知らなかったわけじゃん。私以外にも知らない人もいるの？」

スマホの向こうで、考えるような沈黙があった。

『……いるんじゃないかな。多分』

「多分？」

『この仕組みを作ったのは多田さんとその取り巻きの男子たちで、そいつらに声をかけられたりして私たちは役割を果たしていただけだから。誰が知ってて誰が知らない、みたいな全体図はわかんない』

「そうなんだ」

二人が話すのを聞きながら、順子はずっと宮田くんのことを考えていた。

――こんなサークルじゃなかった。

そう言っていた時の宮田くんは、嘘をついているような様子ではなかった。本当に、サークルが変わってしまったと嘆いているようだった。きっと宮田くんは何も知らなかったのだ。紗奈のことが起きて、その隠蔽が行われるようになるまで。

宮田くんが、知らない側でありますように。献上だなんてこと、していませんように。本当はしているのだろうか。いや、していない。でも、多田さんは高校からの先輩だと言っていた。それでも、彼はやってない。まるで花びら占いをするように、順子は宮田くんに罪がないことを祈っていた。

「それは男子も?」

紗奈が聞くと、相手は少し黙ってから言った。

『……知らない男子もいるのかも。けど、多田さんと同じ付属出身の人は知っていたと思う』

付属出身と聞いて、順子は嫌な予感がした。

『特に宮田くんは、最初に新歓で女の子を献上して、その場にもいたらしいって聞いてる』

「そうなんだ」

電話相手はそれから紗奈をいたわるような言葉をかけ、紗奈もそれに感謝をしたりしていた。これからも連絡を取り合おうなどと約束していたが、それらの言葉たちは順子の耳には届かなかった。

宮田くんは、あちら側だったのだ。

——俺、あんなことになるなんて、思ってなくて。

あんなこと、というのは紗奈のことではなく、その一年生のことだったのだ。信じていた。事件があって順子が孤立するようになっても、宮田くんだけは変わらずメッセージをくれた。こんなサークルじゃなかったと嘆いていた。けれど結局は、宮田くんが全ての始まりだったのだ。最初の献上者だったのだ。後から自分のしたことを悔やみ嘆いても、行動は覆せない。

誰も信じてはいけない。あのサークルにいる男たちを。

「最後に聞きたいんだけど」

紗奈の声に、意識を引き戻される。

「どうして今になって、電話してきたの」

順子は紗奈の目を見て、それからスマホを見た。

『……贖罪、かな。まあ、罪悪感に耐えられなかったってところ。今更謝っても、どうしようもないとも思う。でも、本当にごめんなさい』

「いいの。謝ってほしいとかじゃないし」

そんなやり取りがあり、それから二言《ふたこと》三言《みこと》で電話は切れた。

「そっか」

紗奈は独り言のように言った。そして順子の目を見て、

「これからどうしよう」

と言った。順子は紗奈と目を合わせて、大丈夫、と伝えた。

「私に考えがある」

「考え？」

紗奈は不思議そうに首を傾げて笑い、順子は今浮かんだばかりの考えを脳内でシミュレートした。大丈夫、きっとうまくやれる。そう自分に言い聞かせた。

「買い出しに行こう」

「今から？」

順子はその問いには答えず、買うものを伝えた。

「髪の毛を染めるやつってドラッグストアに売ってるよね。あと紗奈、着なくなった服ってまだ残ってる？　ポケットがついてるやつがいいんだけど」

「私の服？　まああるけど」

紗奈はきょとんと目を丸くしている。

「ドラッグストアって十時とかには閉まっちゃうよね。今日はもう時間も遅いから、明日にしよう」

順子がそう言うと、紗奈はこくんと頷いた。その可愛らしい仕草に、順子は高校時代の

紗奈を見ているような気分になった。

紗奈のためなら、私は悪になれる。

あとは宮田くんに連絡を入れるだけだ。そう思って順子はスマホでメッセージを打ち始める。紗奈は何するつもり、と笑っていた。

第五章

日の沈みかけた田舎町をタクシーで走りながら、順子はブリーチしたての髪の毛を指に巻き付けて弄《もてあそ》んでいた。隣に紗奈はいない。

「サークル合宿ですか？」

運転手に聞かれ、順子はそうですすと言った。嘘ではない。順子は今からサークル合宿に乗り込むのだ。

「このあたりはタクシーがあまりないから、帰りも予約した方がいいと思いますよ」

そう言われたので順子は二時間後にまた迎えに来てほしいと運転手に告げ、承知しましたと返事があった。

——うちは新歓合宿と、夏合宿と冬合宿があるの。

以前、紗奈がそう説明してくれた。それを思い出し、順子は今回の作戦を考えた。市販のブリーチ剤とカラー剤でサークル在籍中の紗奈と似たようなミルクティーベージュに髪を染め、紗奈に借りた白地にピンクの花柄のワンピースを着てきた。似合わないだろうと思っていたが、さっき紗奈にメイクを施してもらい、メガネを外せばなんとか見られるものになった。合宿所の場所は宮田くんに教えてもらった。サークルで合宿に行くには大学に「合宿届」なるものを提出する必要があるらしく、合宿係だった宮田くんはそれを送ってくれた。合宿の場所や期間、主催者だけでなく、学籍番号付きの参加者リストまであった。

ワンピースのポケットに忍ばせたナイフの形を指でなぞる。ホームセンターでキャップ付きのものを買ったので、ワンピースの薄い素材の上から指に伝わってくるのは、そのプラスチックの感触だった。

紗奈から借りた白のショルダーバッグには最低限の荷物しか入っていない。スマホに財布にスマホスタンド。鍵は紗奈が家にいれば問題ないので持ってこなかった。

いつものリュックで出かけようとしたら紗奈に、そのワンピースにそのリュックは全く合っていないと指摘されたのだ。

バッグを開けてスマホを確認すると、紗奈からメッセージが来ていた。

【危ないことはしないで】

うん、とだけ返した。紗奈には今回の計画の全部は伝えていなかった。もちろん、ナイフを持っているということも。

地図アプリを開き、目的地である「河口湖ふれあいハウス」がすぐだと確認する。

「もうちょっとで着きますから」

運転手が順子の目の動きで察したようにそう言って、それからすぐにタクシーが止まった。時計を見ると十九時だったので、二十一時にまた迎えに来てくれるそうだ。駅から一時間弱で約八千円と、順子にとっては痛い出費だったが、それ以上にタクシーを降りて驚いたことがあった。

そこには目当てのコテージがポツンと立っているだけで、周りに民家がなかったのだ。それは地図アプリで確認しても同じで、つまり彼らは酒などを買い出しに行くのにも一苦労だし、車を持っていないと家に帰るのも容易ではない。そしてスマホの電波も弱くなっており、タクシーを呼ぶことすらままならない可能性がある。この閉ざされたコテージに、順子はこれから、一人で乗り込む。


コテージの入り口の鍵は開いていた。おそらく途中で参加するメンバーがいるから開けてあるのだろう。いざとなったら宮田くんに開けてもらおうと思っていたが、その必要はなさそうだった。

ぎい、という音を立ててドアが開き、順子はついに中に入った。入ってすぐに館内図を探し、宴会場の場所を確認する。この合宿は五泊六日あり、今日はちょうど真ん中、三日目だった。宮田くんによるとこの合宿の大まかなスケジュールは昼にテニス、夜は宴会だそうで、二日目の夜にバーベキュー、四日目の夜は手持ち花火をするくらいで、あとはそこまで予定がきっちり詰まっているわけではないらしい。

スマホの時計は十九時十分を指しており、もう宴会が始まっていてもおかしくはない。館内図を写真で撮り、そのままビデオモードに切り替えて動画撮影開始のボタンをタップして宴会場に向かった。

宴会場は和室のようで、襖《ふすま》があった。ゆっくりと襖を開けて中に入ると、ガヤガヤ、としか形容し難い騒ぎ声で満ちていた。順子はできるだけ自然に中に入り、多田のいるかたまりを目指す。多田の写真も、宮田くんにもらった。そこには宮田くんがいて、順子が笑いかけると向こうも笑った。しかしそれが順子だとは気づいていない様子だった。

「一女？」

多田から声をかけられる。一年生か、と聞いてきたのだ。順子は黙って頷いた。すると多田は口元を緩め、こっち来いよと自分の隣の座布団を示した。四人用のテーブルに、多田の斜め向かいに宮田くんが、それから知らない男の先輩が宮田くんの隣にいた。もっともその知らない先輩は誰かに呼ばれてそちらと大声で会話をしているところだった。

順子は多田の隣、つまり宮田くんの正面に座り、缶酎ハイを勧められるまま飲むうち、多田はもうかなり酔っていると気づいた。順子の酒の強さについては事前に紗奈とコンビニでさまざまなお酒を買って検証しており、その結果、かなり強いとわかっていた。これくらいの酎ハイなら、十本は飲んでも正気を保っていられる。

「見ない顔だね。名前は？」

そう聞かれ、順子はできるだけにこやかに笑う。

「さなです」

場に一瞬緊張が走ったような気がしたが、多田だけは例外だった。

「さなちゃんか。いいね可愛いね。誰が連れてきたの？」

献上者の話をしているのだと、順子は咄嗟に思った。

「あの、宮田さんに」

そう言って宮田くんの方を見ると、彼はさなと名乗る女が順子だとようやく気づいたようで、こちらに笑いかけると、

「そうっす。俺が声かけました」

と言った。

「珍しくしごできじゃん。うい、乾杯」

そう言って二人が乾杯するのを眺め、順子はようやく宴会場全体を見回した。サークルメンバーは全部で四十人ほどいると聞いていたが、畳敷きの会場内で、四十人で飲むというよりはそれぞれかたまりになって飲んでいるようだった。テレビなどで見たことのある、ホストクラブでしか聞かないような音楽に乗った掛け声で一気飲みをしている人たちもい

る。コールというやつだ。至る所に水色のポリバケツが置いてありギョッとしたが、その場で吐くためだと昨日紗奈が教えてくれたのを思い出す。

二人が缶を置いたところで、順子はいつもよりも高い声を意識して話しかける。

「一男《いちだん》ってどの辺にいますか？」

一年男子のことは一男と略すのだと、紗奈に教えてもらっていた。

「あぁ？」

多田は順子の肩に腕を回し、こちらを見た。顔が近い。息をするたびに酒臭い匂いがした。

「一男は奥の方に固まってるよ」

宮田くんがそう言って座敷の奥を指差す。順子はふうん、とだけ言って酎ハイを少しずつ飲んだ。

「紗奈、懐かしいなぁ」

多田は順子の肩をぐっと抱き、そう言った。

「良い女だったよな。去り際以外は」

「ちょっと多田さん」

宮田くんが軽く窘《たしな》めるが、多田は止まらなかった。

「絶対俺のこと好きだったと思うんだよ。なのに拒みやがって。しかも周りにペラペラ言いふらして、最悪だよ」

「……ちょっと、トイレに」

順子はそう言って席を立ち、戻ってこいよ、と多田に声をかけられて微笑《ほほえ》んだ。バッグからスマホを取り出して一年男子がいるかたまりの近くのテーブルにスマホを置き、薄型のスマホスタンドで彼らが映るように調整してスマホカバーで画面を覆い、誰かの置き忘れに見えるようにしておいた。初々しい一年男子たちは皆、缶酎ハイを飲んでいる。

一度宴会場を出て、順子は襖の隙間から自分のスマホを見張った。一分ほど見張ったところで一応本当にトイレに行って、足す用もないので手だけ洗い、先ほど多田に触れられた肩を自分で撫でた。肩を抱かれるだけで寒気がしたのに、紗奈は――。

再び宴会場に戻ってスマホを回収し、順子は何事もなかったように多田の隣に戻った。宮田くんが席を外していたので、多田と二人で飲むような形になった。

「さなちゃん、いいね」

そう言って多田は順子の耳を触った。背中から首筋にかけて悪寒が走り、順子は慌てて笑顔を作った。それから多田の耳元に顔を寄せ、紗奈にメイクしてもらった艶々の唇で囁いた。

「二人で、部屋に行きませんか」

多田は目を大きく見開いたのちに口元だけで笑い、それから立ち上がった。

通されたのは二段ベッドのある部屋で、多田が使っている部屋らしかった。順子はバッグを床に置き、先にベッドに座った。すると多田も隣に座ってきて、ゆっくりと順子を押し倒そうとした。

その隙に順子は多田を逆に押し倒し、ワンピースのポケットからナイフを右手で取り出した。左手でキャップを外してベッドに投げつけるように置くと、ナイフの刃が薄暗い部屋できらりと光る。

「倉持紗奈を覚えていますね」

そう言ってナイフを多田に向けると、その目は見開かれ、血走っていた。

――絶対俺のこと好きだったと思うんだよ。なのに拒みやがって。しかも周りにペラペラ言いふらして、最悪だよ。

さっきの言葉だけで、十分だった。順子はナイフを両手で握り直して祈るように手を組んだ。そうして大きく振りかぶった瞬間――。

――危ないことはしないで。

紗奈の言葉が、文字のフォントが、脳内で鮮やかに浮かび上がる。今ここで、多田を刺してどうなる？　順子は捕まり、多田は怪我をするか死ぬかして、それで？　紗奈と一緒には暮らせなくなり、紗奈は再び一人になる。

果たして、それは最適解なのだろうか。

そう思った時、頬を冷たいものが伝ったのがわかる。涙だ。

順子はできない言い訳をしているに過ぎなかった。人を刺したことなんてない。どうなるかわからなくて怖い。そんな自分が、とてつもなく不甲斐なくて悔しい。

結局順子はナイフにキャップをはめ直した。多田を見ると、彼は寝息を立てていた。恐怖で動けないのだと思っていたが、布団で眠るのが久しぶりだったのかもしれない。毎日ほぼ夜通しで飲み明かして、昼はテニスだ。疲れていたのだ。

順子は急いでナイフをショルダーバッグにしまってスマホの時計を見た。二十時五十分。もうすぐ迎えが来る。

コテージを出ると、すでにタクシーが来ていた。順子はそれに素早く乗り込み、駅まで向かい、その日は駅前のビジネスホテルに泊まった。


それから二週間後、ライムスマッシュの無期限活動停止処分を大学が発表した。理由は二十歳未満の飲酒の内部告発で、匿名での告発だったという。発表したといっても全学生向けに通知があったとかでなく、ポータルサイトのサークルに関するお知らせに載っただけだったが、ライムスマッシュの活動は確かに停止されたのだろう。宮田くんに確認したが、活動再開の目処は立っていないらしい。

ライムスマッシュの合宿の後、ホテルに一泊してから紗奈の家に寄り、パソコンを持って自分の家に帰った。ホテルに泊まったのは、合宿でどれくらい時間を使うかが読めなかったからだ。普段着に着替えてホームセンターに行き、封筒とＤＶＤを買って家に戻り、パソコンに合宿で撮った動画を取り込んだ。順子のパソコンはＤＶＤにも対応していたので動画をＤＶＤに焼き付けた。そしてメモ帳を開いて簡単な文書を作成し、宮田くんからもらった合宿届の参加者リストと共にコンビニで印刷した。

文書には、ライムスマッシュで十代の飲酒があったこと、自分はサークル内部の人間であること、サークルメンバーにバレたくないので匿名で告発すること、動画に映っているのは主に一年の男子であり名前もわかっていること、一ヶ月以内にサークルの処分が決まらなければネットへの公開も考えていることを記載した。自分がサークル内部の人間であることや、動画に映っている人の名前がわかっていることは嘘だった。紙やＤＶＤを扱う作業は全てゴム手袋をして行い、差出人はサークルの名義にしておいた。封筒の宛先はサークル活動などを管轄している学生生活課とした。大学宛にするよりも読んでもらえる確率が上がると思った。

実際、学生証のデータと見合わせるなどの手続きがあったのか、大学は処分に二週間を要したわけだが、大学への文書の通り、一ヶ月経っても音沙汰がなければ大学名、サークル名、未成年飲酒、というようなキーワードをちりばめてネットで公開するつもりだった。

未成年飲酒をＳＮＳにアップした大学生が処分を受けたというニュースを見たことがあったので、それを詳しく調べたのだ。顚末としては、内輪で撮った未成年飲酒の動画が拡散されて炎上状態になり、最終的には個人の特定が行われ、大学が記者会見を開く羽目になったらしい。そういう事例があったからこそ、大学としてもネットで公開されるよりは、サークルを活動停止にした方がいいという判断になったのだろう。

——だったら、ＳＮＳを使って公表するとか……。

——公表？

——実名で、今回のことを書き込むの？　それって広まる？　広まったとして、被害者の名前も出せってならない？　で、私の名前を出すの？　それが何を意味するか、順子わかってる？

いつか、紗奈とそんな会話をしたのを思い出す。未成年飲酒の告発なら、紗奈にも迷惑がかからないと思った。

本当は、多田を刺して、紗奈の無念を晴らすつもりだった。

しかし現実問題、ナイフで人を刺したことのない順子にそれができるのか、そもそもうまく二人きりになれるのかなど、さまざまな問題があった。なので保険として、未成年飲酒の証拠動画を大学に送るという作戦も立てた。紗奈にはどちらも知らせなかった。ただ、合宿に行って謝ってもらうと伝えておいた。紗奈に心配をかけたくなかった。

結局順子は、多田を刺せなかった。保険を用意していたから刺さなくてもいいと思ったのか、順子は多田を恨んでいなかったのか、多田も同じ人間なのだと思ったのか、なぜあの時刺せなかったのかははっきりとはわからない。けれど、自分が紗奈のために完全な悪にはなりきれなかったことが、順子はとても悲しかった。

順子は「男」だけが悪いとは思っていない。宮田くんが一度女の子を多田に献上したのも事実で、それを悔いて何も聞かずに順子に協力してくれたのもまた事実だ。順子は紗奈のためを思ってという善意のつもりだが、盗撮という罪を犯している。

スマホで大学のポータルサイトを開き、ライムスマッシュが処分されたというニュースを表示させる。紗奈が朝ご飯を食べ終わって皿をシンクに持っていくところで、順子は声をかける。

「ねえ、紗奈」

紗奈はくるりと振り返り、何？　と言った。

「これ、見てほしくて」

画面を見せると、紗奈は皿を持ったままこちらにやってきて、上から覗き込むように順子のスマホの画面を見た。順子は紗奈の様子を窺っていた。

紗奈の目が大きく見開かれ、やがて紗奈は目を細めた。

「これ、順子が？」

そう聞かれて、順子は何も言わずに頷いた。

「あの日、髪を染めて、たった一人で？」

「うん」

そっか、と紗奈が言って、彼女はシンクに皿を運び、そのまま洗い始めた。水が流れる音が、全てを洗い流してくれたらいい。これで紗奈が、全部忘れられたらいいのにと、順子は本気で思った。

蛇口のレバーを戻す音がして、水の音が止んだ。

でも、全部流れるなんて、忘れるなんて、そんな都合のいいことがあるわけがない。紗奈は蛇口のレバーを上げてコップに水を汲み、ローテーブルの傍らに座る順子の隣に腰を下ろした。

「さっきのやつ、もう一度見せて」

そう言われて、順子は素直にスマホの画面を見せた。紗奈は一文字ずつ文章を追うように目を動かして、それから一度瞬きをした。

「こんなことしかできなくて、ごめん」

順子はそう言って紗奈の目を見た。その目はまだ、スマホの画面に釘付けだった。しかし紗奈は画面から目を逸らさずに、首を振った。

「ありがとう」

そう言って、紗奈はようやくこちらを向いた。

「本当はね、私の話を聞いてくれて、怒ってくれて、悲しんでくれて、そういう人がいただけで、順子がいただけで、それだけで本当によかったの」

「私、本当は紗奈のこと……」

自分が紗奈を女子大の子だとか、自業自得だとか、そういうふうに思ってしまっていたのを、正直に紗奈に言うべきだと思った。それは単なる自己満足で紗奈を傷つけるだけなのかもしれないが、それが一番誠実なのではないかと、順子は思った。

「わかってる」

順子の言葉を遮るように、紗奈はそう言って口角を上げた。

「そんなの、お互い様だよ」

紗奈は当たり前のようにそう言ってから、すっと立ち上がる。

「洗濯物干さなきゃ」

そう言って洗面所に向かう紗奈を、順子は視線だけで見送った。

お互い様。確かに言われてみればそうだった。大学で出会ったあの頃から、いや、高校生の頃から、私たちはお互いを見下し合うように仕向けられていたのだ。誰かに支配された空気によって、手を取り合うのを拒否するように強いられていたのだ。

ガタンと、紗奈が洗濯機を開ける音がする。

洗濯機の中で今、順子と紗奈の洋服は、混ざり合っている。二人は同じ柔軟剤の匂いがする洋服を着て、毎日を生きている。

紗奈と順子は気づけたのだ。この仕組まれた分断に。

おそらくこの先も何度も、女たちは分けられ続ける。今はまだ想像もつかないが、結婚するしない、子供を産む産まない、そんなわかりやすい属性で、男たちに、いや、女たちにも、分断を煽られ続ける。そうした方が、女たちが連帯しない方が、強いものにとって都合がいいから。多田はこの先も、ああいう仕組みを作り続けるのだろう。今回は運が悪かったとでも言って、また別のサークルを立ち上げるかもしれない。

多田みたいな男が、順子たちの人生にはこれからもきっと現れる。かつて宮田くんが多田を尊敬していたように、みんなに信頼されるような振る舞いをし、だんだんと周りを毒牙にかける。

宮田くんが今回のことをどう思っているのか、本音のところはわからない。おそらくサークルが潰れたのは順子のせいだと知っている、紗奈以外の唯一の人だ。多田がサークルを新しく作ったらそこに入るのかもしれないし、順子にいつか言ったように、こんなサークルではなかったと本当に反省していて、もうそのような集まりには行かなくなるかもしれない。とはいえこの先また別の、そういう種類の人間に出会って、同じ過ちを繰り返すかもしれない。

けれど彼らのことはもう、順子には関係なかった。少なくとも順子には紗奈がいて、紗奈には順子がいる。それだけで、これから先もなんとかやっていけるような気がした。

順子は立ち上がり、洗面所に向かう。紗奈が浴室に洗濯物を干しているところだった。紗奈が振り返ると、柔軟剤のフローラルが、香水のようにふわっと香る。

「どうしたの？」

「ううん、なんでもない」

「もうほとんど終わるから、順子がやることないよ」

ていうか今日は私の当番だし、と紗奈が笑う。紗奈との生活も、これからずっと続いていくわけではない。紗奈はいつか、順子がいなくても平気になる。そうしたら順子は元の部屋に戻って、また一人でバイトと課題をこなす日々に戻るのだ。

順子は少しだけ寂しい気持ちになった。サークルが活動停止になり、紗奈の気分も安定してきて、いいことばかりが起きているのに。寂しいだなんてそんなことを考える自分が、とても不謹慎に思えた。

洗濯物を干し終わった紗奈が浴室乾燥のボタンを押すと、

『浴室を、乾燥します』

と無機質な機械音声が流れて、順子は息を長く吐いて部屋に戻った。紗奈も遅れてついてきたので、それから二人で今日の夜ご飯をどうするかという話をした。久しぶりに外食は、という紗奈の提案に、順子はいいねと笑った。

九月も下旬になり、今日は秋学期に向けた学期初めのガイダンス日だった。まだまだ半袖で過ごせるほど暑かったので、順子はTシャツにジーンズを穿き、リュックを背負って玄関に向かう。

「いってらっしゃい」

紗奈の声が後ろから聞こえてくる。いってきます、と返して順子はスニーカーを履き、ドアを開けた。

むわっと熱い風が顔に押し付けられるように吹いて、順子は思わず顔を顰《しか》める。紗奈の大学は明日の火曜日からガイダンス期間らしい。

先週には成績も発表されて、決して良い成績とは言えないものの落とした単位はなかった。それはほとんど宮田くんのおかげだったが、順子はある意味で彼を裏切ってしまった。

今日の予定は秋学期に向けた総合ガイダンスと、学科の履修についてのガイダンスだった。総合ガイダンスを一人で受け、残りは履修ガイダンスだけになった。

百人ほど入る大教室で、順子はいつも通り一人で座ってガイダンスを受けていた。秋学期の授業は一人で履修を組んで履修登録しないといけないのかと思うと、少しだけ気が重かった。いつもは学食のメンバーで時間割をある程度揃えて、単位を取りやすくしていたのだ。

「留年なんてことにならないように、早いうちから計画的に単位を取得するように」

教授が手元の資料に目を落としてこちらを見ずにそう言って、ガイダンスは終わった。計画的であっても、友達がいないと大学の単位を取得するのは難しいのだが、教授のような頭のいい人間にはわからないのだろう。

今日やるべきことが全て終わったので、順子は荷物をまとめて帰ろうと思った。配られた資料をクリアファイルにしまい、リュックの中を整理して立ち上がる。

教室を出て講義棟を出ようとしたところで、後ろから肩を軽く叩かれた。びっくりして振り返ると、そこには宮田くんがいた。

「久しぶり」

そう言って、宮田くんはぎこちなく笑った。

「ああ、うん」

こうして顔を合わせるのは順子が乗り込んだ夏合宿以来だと思いながらも、順子はそれを口にしなかった。

「帰るとこ?」

そう聞かれ、順子は黙って頷く。

「だったらこれから学食行かない? これからみんなで履修組むらしくてさ」

宮田くんが、そこに順子が行くのが当然であるかのように言ったので、順子はよくわからないままに頷いた。

学食に向かう道すがら、順子は宮田くんに聞いた。

「もう私のこと、無視しなくていいの？」

そう聞くと、宮田くんは困ったような目をして順子の顔を見て、それから、困った目のままに笑顔を作った。

「ごめん」

「いや謝ってほしいとかじゃなくて、大丈夫なのかなって」

順子が慌ててそう付け加えると、宮田くんは口をキュッと結んで頷いた。

「全部、終わったんだ」

それだけ言うと、宮田くんは順子の前を歩き、順子はそれ以上何も聞けなかった。

宮田くんはあの日、順子が夏合宿に来たと知っている。合宿届を順子に送ったのも宮田くんだし、だったらサークルの活動停止は順子のせいだと思っているはずだった。しかし宮田くんは今、全部終わったと言った。

学食に着くと、いつもの場所にいつものメンバーが揃っていた。

「お疲れー」

宮田くんがそう言って、空いている席に座る。順子にも隣に座るよう促すので順子もリュックを席に置いた。

「一般教養どうする」

「文化人類学が楽って聞いた」

「曜日的にいけそう？」

そんな会話が耳に入ってくる。彼らは順子を無視しているわけではなさそうだった。順子が席に座ると、お疲れ、だとか、久しぶり、だとか、声をかけてくれた。

「夏休み、会ってないもんな」

宮田くんがそう言って、あたかも順子とは夏休みに会っていないだけ、という雰囲気を作り出す。みんなそれを聞いて空気を読んだのか、順子に夏休みどうだった、という話を振ってくれる。まるで今まで無視されていたのが嘘のような、いつも通りの時間の流れ方だった。

村井くんとは席の端同士で表情が窺えなかったが、彼ともきっと、これからは元通りに話すことになるのだろう。

時間割アプリとパソコンで見る授業情報、単位が取りやすい科目が載っている冊子を順番に見ながら、みんなで最善の授業の取り方を考えた。順子はどこか夢見心地で、そんなみんなをぼんやりと見ていた。

全部、終わったのだ。

その光景を見ていると先ほどの宮田くんの言葉が実感として迫ってくる。終わらせたのは順子だと、宮田くんと紗奈だけが知っていると思うと、順子はやはり不思議な感覚になった。

「牧瀬さんはどう?」

別の男子に声をかけられて、順子はその輪に入っていく。プログラミングの別の言語を学べるらしい。

「狭山くんにも聞いてみようか」

順子が言うと、一理あるとみんなが言ってくれて、誰かが彼に連絡を取り、それから輪には狭山くんも加わった。

「難しい課題が出ても、狭山いれば最強だしな」

宮田くんがそう言って笑い、狭山くんは照れたような顔をした。ふと顔を上げた狭山くんと目が合うと、彼は声を出さずに口をパクパクとさせている。え、と順子が声を出さずに聞き返すと、彼は再び唇で同じ言葉を表した。それが「ごめん」だと気づいた順子は、すぐに「いいよ」と、これまた声を出さずに伝えた。

時間割が決まってみんな履修登録を済ませたところで、その会はお開きになった。

翌日から紗奈もガイダンス期間が始まったらしく、大学に行くようになった。話を聞けば大学の友達と普通に話すようになったらしい。紗奈とその友達との間でも、紗奈の事件はなかったことにすると決まったそうだ。

家に帰ってきて、紗奈は順子が作った夕飯のカレーを食べながら言った。

「なんかね、どうせ誰もわかってくれないんだけど、家に帰れば順子がいるって思うと、そういうの、どうでもいいかなって」

順子はなんだか照れてしまい、うまく言葉を返せなかった。

「そういえばね」

紗奈が話題を変えるように声色を明るくする。

「バイト、また始めようと思って」

「前のカフェ？」

聞くと、紗奈はまさか、と軽く笑った。

「あそこはシフト残ってるのにいきなり辞めちゃったから、気まずくて無理」

「でも紗奈はあの時期大変だったし」

順子がフォローを入れると、紗奈はありがと、と言った。

「そういうの、店には関係ないから」

「そっか」

順子はカレーを一口食べる。パッケージに書かれた通りに作ったら、実家で食べたカレーと全く同じ味がした。

「別のカフェにネットで応募して、次の土曜に面接なの」

「髪色、それで大丈夫？」

順子は綺麗に染められたミルクティーピンクの髪を眺めて言った。

「髪色自由、ネイルも〇Ｋだって」

そう言って紗奈はスマホを開くと求人画面を見せてくれた。新しくオープンする紅茶専門のカフェで、確かに見た目に関しては特に規定はなさそうだった。

「順子こそ、在宅のバイトなんだから髪染めればいいのに」

順子の真っ黒な髪を見て紗奈が言う。合宿に乗り込んだ後、順子は市販の黒染めを使って髪色を戻した。けれどムラがあって汚かったので、結局美容室で綺麗に染め直してもらったのだ。あの日の自分が嘘みたいに、順子の頭は元通りになった。

「染めるの、お金かかるし」

黒染め代も結構かかり、順子は美容にはお金がかかるのだと改めて実感したところだった。紗奈のようにこまめに美容室に行くなんて、金銭的に難しいだろう。

「綺麗はお金かかるからねえ」

紗奈はどこか遠くを見てそう呟き、それからまた順子の顔を見た。

「あの日の髪色、似合ってたけどな」

目が合って、順子は思わず逸らしてしまう。そんなことないよ、と小さい声で言って、カレーを一気に口に運ぶ。

「いい食べっぷりですねえ」

紗奈が満足そうに笑ったので、順子も口をいっぱいにしたまま笑った。


十月に入った土曜日、紗奈は履歴書を黒い鞄に入れ、白いシャツに紺色のスカートという今まで見たこともないような地味な格好をして、髪を一つにまとめていた。フローリングに座りながら、ハンドミラーで自分の顔を確認している。

「なんか変なとこない？　大丈夫？」

そうしきりに聞いてくるので、順子は聞かれるたびに大丈夫だよと答えていた。

「あー緊張する」

「紗奈でも緊張することあるんだ」

意外に思ってそう言うと、普通にあるわバカ、と笑われる。

「いつも堂々としてるから、緊張とかないと思ってた」

「緊張してるって悟られないようにはしてるかもね。そういうの、バレるとナメられるから」

髪の毛に何かを塗りつけてアホ毛を押さえている紗奈は、服装こそ地味だったが生命力に満ちていた。

「履歴書持った、スマホ持った、鍵は忘れても大丈夫だけど持った、髪は大丈夫、服も大丈夫、靴も大丈夫……」

一人大きな声で点検していく紗奈を、順子は静かに見守る。

「志望動機は考えた、シフトは時間割見せれば平気、土日は入れます、カフェバイトの経験あります……」

その声はだんだんと小さくなっていき、内容は面接のことに移っていった。面接に関しては昨日の夜、順子を面接官に見立てた練習に付き合わされていた。といっても、紗奈がスマホで送ってくれた質問を順番にするだけで、何も難しいことはなかった。

「よし、大丈夫」

紗奈は鞄を持って立ち上がり、玄関に向かって歩き出した。順子は見送ろうと思ってついていき、紗奈が黒いパンプスを履くのを見守る。

「まあ言っても、これだけやったから、受かると思うんだよね」

急に強気になった紗奈に順子は笑い、そうだね、と返す。

「ほら、私可愛いし」

「そうだね」

紗奈は自分を納得させるように頷いて、それからドアの鍵を開けた。

「いってきます」

そう言って手を振る紗奈に、順子は手を振り返す。

「いってらっしゃい」

家を出ていく紗奈の背中を眺め、子供が独り立ちをするときの親というのはこんな気持ちなのかもしれないとぼんやり思った。外に出てしまえば、もう手助けはできない。紗奈を信じて、家で待つしかない。

ゆっくりと閉じたドアの鍵を閉めると、ガチャリ、と小気味のいい音がした。


週明けの月曜日、大学での授業中に紗奈からのメッセージを見て、今日の夜ご飯は鍋にしようと順子は決めた。いつものメンバーでの自習を早めに抜けて、最寄り駅近くのスーパーで買い出しをしてから紗奈の家に帰る。

十月は始まったばかりだったが、外はもう肌寒く、この秋最初の鍋をするのにふさわしい日だと思った。

スーパーで買ってきた鍋つゆを二人用の鍋に入れ、具材を切っては中に入れていく。今日は大根に人参、白菜に長葱、豚肉と油揚げ、そして木綿豆腐。

「これぞ鍋って感じ」

一人でそう呟いてコンロの火をつけ、蓋をしてただ待つのみ。ご飯は前に炊きすぎたの

を冷凍してあったので、それを解凍するだけでいい。ジーンズのポケットから取り出した

スマホは十八時半を示していて、紗奈ももうすぐ帰ってくるだろう。

【今日は鍋だよ】

そうメッセージを紗奈に送るとすぐに既読がついて、

【やったー！　いま最寄り駅】

と返信が来た。順子は冷凍庫からご飯を取り出して耐熱の皿に置き、電子レンジで解凍モードを選択した。

鍋がくつくつといい音を立てているのを聞きながら、順子はキッチンに立ってぼんやりとしていた。早く紗奈が帰ってこないかなと思いながら、実家の母親はご飯を作る時こんな気分だったのだろうかとふと思った。

がちゃん、と鍵が開く音がして、紗奈が帰ってきた。その手にはコンビニのレジ袋があり、中には酎ハイらしき缶が入っている。

「お酒？」

そう聞くと、紗奈は照れたように頷いた。

「まあ、めでたいからさ」

「お祝いだもんね」

順子もそう返して、鍋の様子を窺った。豚肉にしっかり火が通っているのを確認できた

ので、温めておいた白米を茶碗に盛り付け、ローテーブルにご飯とお鍋を運ぶ。取り皿と箸を並べたら、あっという間に夕飯の食卓が完成する。

「わあ、鍋だ」

紗奈はメッセージで知っているはずなのに新鮮なリアクションを取ってくれて、順子は鍋です、と生真面目に返した。

鍋つかみをつけて蓋を開けると、もわんと湯気が立ち、鍋の中身が登場する。

「おいしそう〜」

紗奈は早速箸を取り、もう取ってもいい？　と子供みたいに順子に聞く。

「好きなだけどうぞ」

順子がそう言うと、紗奈は取り皿に自分の分を盛り付けて、おたまが足りないと言い始めてキッチンからおたまを取ってきてつゆも注いだ。順子もそれに倣って盛り付けが完成した。

「これ」

紗奈に缶を渡されて、見るとそれはやはり酎ハイだった。合宿に乗り込む前に順子の酒の強さを確かめるために飲んで以来だった。紗奈と二人でお酒を飲むのは、これが初めてだ。

「乾杯の挨拶、順子がしてよ」

そうは言ったが、順子は頭の中ですでに文言が出来上がっていた。

「じゃあ、紗奈のバイト合格を祝して、乾杯！」

二人で缶をぶつけ合うと、こつ、と鈍い音がした。二人とも一口ずつ飲み、順子の方はピーチの香りがした。

「グラスだとかちん、って音がするのにね」

紗奈が少し残念そうに言ったが、洗い物が増えるのは順子としては嬉しいことではなかった。

「いいじゃん。バイト受かったんだし。おめでとう」

改めてそう言うと、紗奈はどうもどうも、と頭を下げた。

「次の土曜日から研修です」

紗奈が改まって言ったので、そうですか、と順子は言葉を受けた。

「にしても早いね」

「うん、採用次第研修してるみたい。でも新しくできる店だから、それまでにいたスタッフの中に入っていくのと違って、みんな新人で気が楽かも」

「みんな一年生ってことだもんね」

「そうそう、一年生。やっぱさ、入ってすぐに先輩がいるとやりづらいもんね。店長さんと面接だったんだけど、大学生を中心に採ってるって言ってたから、楽しくなりそう」

「そっか。よかった」

「何しみじみしてんの」

紗奈はそう言って笑うと、鍋を食べ進める。あっという間に一杯目がなくなる勢いだった。

だって、一時は生きるか死ぬかの瀬戸際を彷徨《さまよ》っていた紗奈なのだ。それが今はまた外でアルバイトをすると決め、実際に面接を受けて、それに合格したのだ。

「私も、バイトもう少し増やそうかな」

順子がそう言うと、紗奈がいいんじゃない？　と軽く言った。

「あの採点バイトでしょ。家でできるっていう」

「そうそう」

「ずっとパソコン見て模範解答と答えを照らし合わせ続けるとか、私には絶対無理。カフェのバイトはいいよ？　いい香りがする綺麗なお店で、楽しい仲間と、素敵なお客さんに接客するの」

ミュージカルめいた声色で、紗奈は歌うように言った。

「そんなバイトのＣＭみたいにいいことばかり言われても」

「まあそりゃあ順子みたいなお堅い人には厳しいかもしれないけどね。マニュアル通りにいかないことばっかりだし」

「アドリブってこと？」

「そこでアドリブって言葉が出てくる考え方が、なんか接客とは相入れないかもね。接客は演劇じゃなくて、communicationだから」

コミュニケーション、を英語の授業で習ったような流暢な発音で紗奈が言ったので、順子は思わず笑った。

「それは無理かもなあ」

酎ハイを口に運び、順子は本気でそう思ってつぶやいた。接客業をやりたいと思ったことはないし、多分今後もやらないのだろう。

「私は将来も人と接する仕事がいいな。化粧品会社の広報とか」

紗奈が将来の夢を言い出したので、順子は驚いて酎ハイを噴き出しそうになった。

「何、そんな驚いて。広報ってよくわかんないけど、私にぴったりな気がするんだけど？あれからね、私ジェンダーの授業がすごい自分ごととして頭に入ってきて、なんか女性を脅すようにして物を売るような広告とか、そういうのなくしていきたいなって」

そう言って照れたように笑うと、紗奈は鍋の最後の一口を口に運んだ。順子は誤魔化すように笑い、二人で黙々と酎ハイを飲む時間になった。

死にたいとまで言っていた紗奈が、バイトを始めただけでなく、将来のことまで考えるようになった。それをずっとそばで見ていたのは順子だが、辛い出来事を乗り越えたのは紗奈自身だ。紗奈の自殺未遂をきっかけに急に始まったこの二人暮らしも、きっと童話のようにいつまでも続くものではない。紗奈は結婚したいかもしれないし、私にだって、また好きな人ができるかもしれない。

けれど今だけ、この一瞬だけは、二人の時間を胸に焼き付けていたかった。

「順子の夢は？」

酎ハイを飲み終わったらしい紗奈に聞かれて、順子は首を傾げる。

「ITコンサルか、SEかってとこかな」

「ITコンサルって？」

「クライアントの問題を、システムを作って解決する人？　なんかの授業でうちの学科のOBの人が一コマだけ講義をしてくれて、一つの会社のことをずっと考え続けるよりも、自分に合ってるかなって思ったんだよね」

「なんか難しそう」

そう言って笑う紗奈は大学で出会った頃にそっくりで、無知であることに価値があるかのように微笑んでいる。

「紗奈と方向性が違うってだけで、難しいとかじゃないよ」

順子はそう言ったが、その言葉が正しいのかはわからなかった。

「ふうん。じゃあごちそうさまね」

紗奈が唐突に言って鍋を片付け始めたので、順子は遅れて皿をシンクに持っていく。

「順子が作ってくれたんだから私やるよ」

紗奈はそう言ったが、順子は何かと理由をつけてキッチンにいた。酎ハイの空き缶を片付けたり、生ゴミをまとめたり、こうして紗奈の隣にいられるのが、最後であるかのように。

「最初に会ったときのこと、覚えてる？」

そう聞かれて、順子は目を泳がせる。

「高校？　大学？」

聞くと、紗奈は大学、とこちらを見ずに皿を洗いながら言った。

「覚えてるよ」

あのときの紗奈は輝いていて、キャンパスで一番綺麗だった。

「私もね、よく覚えてるんだ。女子がグループに一人しかいないって聞いてて、オタサーの姫みたいな、フリフリの女子っぽい子を想像してたら、順子で」

「ちょっとそれどういう……」

順子が聞くのを遮って、紗奈が言った。

「順子と友達になれて、本当によかった」

照れもせずに言うので、順子の方が赤面してしまう。

「順子は？」

そう言って、紗奈はこちらを振り返る。今日は化粧っ気もないのに肌が一段と光を放っていて、順子はしばし圧倒された。

「……よかったよ」

小さい声でそう言うと、紗奈がおかしそうに笑う。

「お皿洗ってて聞こえなーい」

「紗奈と友達になれて、よかった」

順子は紗奈に聞こえるようにはっきりそう言って、すると紗奈は幸福そうに笑った。お皿を全て洗い終わったようで、紗奈は蛇口の水を止めた。冷蔵庫脇にかけてあるタオルで手を拭くと、その手で順子の手を握った。

「本当に、ありがとう」

そのありがとうは、順子の耳には別れの挨拶かのように聞こえた。

少し水を含んだ紗奈の手のひらの体温が、順子の冷たい手にも移っていく。それがなんだか恥ずかしくて、順子は何も言わずに手を引っこめた。

エピローグ

　二月初め、春休みに入ったばかりの順子はいつものジーンズにトレーナー、上からダウンジャケットを着て歩いていた。今日は、紗奈が働いているという紅茶専門のカフェでお茶をしようと言われていた。

　駅から歩いて十分ほどのところに、白い壁に赤い看板が目を引くその店があり、順子は足を止める。ガラス窓から覗くと、順子に気づいた紗奈が嬉しそうに手を振った。もう今日のシフトを終えて、席を取っていてくれたのだろう。

　中に入ると店内は満席だった。カウンターで注文をしようとすると、顔立ちの整った男の人が笑顔を振りまく。

「いらっしゃいませ。店内のご利用ですか？」

　順子は彼の目を見られず、しどろもどろに頷いた。メニューを見ると、紅茶だけで十種類あり、順子は一番上に書かれているダージリンを注文した。

「あちらでお渡ししますので、レシートをお持ちになってお待ちください」

彼ははじけんばかりの笑顔でそう言って順子を誘導する。提供台に移動すると、紅茶が入ったマグカップを渡された。

「こちらの砂時計が落ちましたらティーバッグをお取りください」

別の、こちらもモデルみたいな女性店員さんにそう言われ、順子はギクシャクと頷くだけだった。自分なら絶対、こんなところでバイトなんてできない。けれど紗奈がここで働く姿は、とても自然に思い浮かんだ。

紗奈のいる席に向かいながら、店内にいるのはほとんど女性だと気づく。相手が女性ばかりだったら、紗奈が怖い思いをすることもないのかもしれない。

「お待たせ」

窓際の席に着き、順子は紗奈に声をかける。ダウンジャケットを脱いで椅子にかけ、それから椅子に座る。

「わ、久しぶり」

紗奈が明るい笑顔で応じ、それを聞いて順子は、久しぶり、と同じ言葉を返す。ピンク色でふわふわのニットに、白いミニスカート、黒いロングブーツを合わせている紗奈は、かつての輝きを完全に取り戻していた。

久しぶり、という言葉を、脳内で反芻《はんすう》する。

あれから順子は紗奈の家を出て、お互いが元の一人暮らしに戻った。紗奈はもう順子が常に一緒にいなくても問題なくなっていたし、順子も自分の家が気になっていた。一緒に暮らすのをやめると、大学が同じというわけでもないので会うきっかけが摑めなくて、結局四ヶ月ほど会っていなかった。

「何頼んだの?」

紗奈が順子のマグカップを見て言うので、順子はダージリンと答えた。

「無難だなー」

紗奈はそう言って笑い、季節限定のいちごのフレーバーティーがおすすめだったのにと笑う。まさか店員さんがかっこよくて焦って注文したなどとは言えず、順子は黙って笑っていた。

「カウンターの、あの人いるじゃん」

紗奈が唐突に注文カウンターを指差して、にっこり笑う。

「あれ、彼氏」

「へえ」

あまり興味がないみたいな声が出てしまい、順子は慌てて訂正する。お似合いだね、と言いながら、こういうときに何と言うのが正解なのか、わからなかった。

「なんか付き合ってすぐに一緒に住もうとか言われてさ、今一緒に住んでて」

「へえ」

紗奈が気だるげに、けれど愛おしそうに彼の方を見て言うので、順子はまた同じような感嘆を漏らしてしまう。

「同棲ってこと?」

「そうなるよね。けど、なんか結婚とかは今は全然考えられない」

「そうなんだ」

「あの頃に戻りたいよ」

紗奈がこちらに向き直る。

「順子と二人で住んでた頃に」

紗奈は冗談みたいに軽い口調で言ってきた。実際それは冗談なのだと思う。紗奈が順子とまた暮らすのは、あの頃に戻るということは、きっとあり得ない話なのだ。宝くじが当たったら、みたいな、実現し得ない夢の話。

「だってあいつ、全然家事やんないし、束縛きついし、の割に自分は女の子と遊びに行くし」

止まらない紗奈の愚痴を苦笑いで受け止めながら、順子が思い出したのは二人で食べた袋麺だった。

――私たちは、せめて私たちだけは、ずっとお互いの味方でいよう。

お互いを信じられなくなりかけたあの日、二人で食べたラーメン。なんてことのない醤油味。誰かと、心の底からわかり合えたと感じた、初めての瞬間。

これからの順子の人生に、そんな瞬間がやってくることがあるのだろうか。

「ねえ、順子聞いてるー？」

紗奈が笑いながら言い、聞いてる聞いてると順子も相槌を打つ。

「ていうか同じ店にいるのに、よく愚痴を言おうと思うよね」

素直に言うと、紗奈は大層おかしそうに笑う。その拍子に髪が揺れて、綺麗に染められたミルクティーピンクが、サラサラと紗奈の周りを漂う。

「そうは言っても紗奈、今は幸せなんでしょう？」

順子が聞くと、紗奈は恥ずかしそうに笑った。それからこくりと頷いて、顔を上げるとその頬はうっすらと紅潮している。

「私にも、ようやく春が来たって感じ」

はにかみながらそう言う紗奈を見て、順子は息が止まる思いだった。紗奈のことがあってから、サークルの運営者にとって都合のいいものだとしか思えなかった春。しかし春には、単なる季節以外の意味もある。

人生の良い時は、春と言われる。そうだ、春はやってくるのだ。コートに身を包んで凍えていたのが嘘のように突然、花をいっぱい咲かせるのだ。春はまた来る。生きていれば、また、きっと。

紗奈の傷が完全に癒えたわけではない。けれど、順子が一番近くでそれに寄り添う時期はもう終わり、これからは彼が、笑顔の素敵なあの彼が、紗奈を支えてくれるのだろう。

順子は紅茶を口に運ぶ。窓の外を見ると、コートを着た人で溢れている。

「外はまだまだ冬だけどね」

そう言うと、紗奈が確かに、と言って笑ってくれる。その笑顔を見ながら順子は思う。紗奈こそ、私にとって春だった。人生に突然訪れた、あっという間に過ぎゆく、美しい季節。

「本当にありがとう、順子」

紗奈がそう言って目を伏せたので、順子は紗奈のまぶたをキラキラと彩るアイシャドウを、ぼんやりと眺めていた。それから紗奈と目が合い、向こうがにこっと笑ったので、こちらこそありがとう、と小さな声で言った。

カバーイラストレーション　ＰＯＯＬ
ブックデザイン　アルビレオ

＊この作品は書き下ろしです。
＊この作品はフィクションです。
実在の人物、団体、事件とは一切関係がありません。

〈著者紹介〉
真下みこと
1997年生まれ。早稲田大学大学院修了。
2019年『#柚莉愛とかくれんぼ』で第61回メフィスト賞を受賞し、2020年同作でデビュー。その他の著書に『あさひは失敗しない』『茜さす日に嘘を隠して』『舞璃花の鬼ごっこ』『わたしの結び目』『かごいっぱいに詰め込んで』がある。

春はまた来る

2025年2月20日　第1刷発行

著　者　真下みこと
発行人　見城 徹
編集人　菊地朱雅子
編集者　黒川美聡
発行所　株式会社 幻冬舎
〒151-0051 東京都渋谷区千駄ヶ谷4-9-7
電話：03(5411)6211(編集)　03(5411)6222(営業)
公式HP：https://www.gentosha.co.jp/

印刷・製本所　株式会社 光邦

Printed in Japan　ISBN978-4-344-04408-1 C0093